2

朝月アサ

illust. らむ屋

滅びの王国の錬金術令嬢

三百年後の新しい人生は
引きこもって過ごしたい！

Contents

第一章　兆し

1　空の玉座

滅びた王都の廃城の、地下深く。

歴代の王が眠る霊廟《れいびょう》のさらに奥に、その玉座はあった。

「これが空の玉座か」

暗闇の中で青い燐光《りんこう》——錬金術の光に照らされた、石造りの玉座を階下から見上げて、銀髪の青年は興味深そうに笑みを浮かべる。

ヴィクトル・フローゼン侯爵《こうしゃく》。

世が世なら王として君臨した男。王国が滅びたいまは、帝国の貴族として元王国の地を治める領主。

「儀礼的な意味合いで作られたものだと思うけれど、少し気になって」

ノアは自分の金色の髪を耳にかけながら、同じように玉座を見上げる。

侯爵をわざわざこんな奥深い場所まで連れてきたのは、観光案内をしたかったからではない。

「最近まで誰かいたような気配がするの」

「ほう。面白い」

馬鹿げた話を、ヴィクトルは本当に面白そうに聞く。

そして、ノアの耳元で囁《ささや》く。

「かの遠征王ではないのだな」

周りの調査員に聞こえないように、という配慮はわかるが距離が近い。

三百年前の王がついこの間まで生きていて、それをノアが倒したのはつい最近の話で、いまはまだ秘密の話。

「まあ、サイズ的に。あの大きさでこの通路は通れないでしょう」

少し距離を取って答える。

「ずいぶん常識に囚《とら》われた考え方をするじゃないか」

「論理的思考よ。それに、ひとつの事実だけを見て決めつけるのは思考停止」

もう少し距離を取り、通常の距離感に戻る。内緒の話はもう終わり。

「座ってみる？」

「やめておこう。亡者の妄執に囚われかねない」

玉座の間を出て、霊廟の広間に戻る。

錬金術の光によって照らされた、広大な地下空間。壁と床は白い石造りで、石の台座が等間隔にいくつも並べられている。最奥の祭壇らしき場所には棺《ひつぎ》が四つ。

始祖王からの王国の霊廟。

厳かな空間の天井には大きな穴が開いていた。

穴の表面は固められて崩れないようになっており、穴の壁に沿うように階段がつくられている。

あちこちで、城郭都市アリオスから来た調査員が記録を取ったり測量したりをしている。そのほとんどが獣人——身体《からだ》のどこかに獣の特徴を持つ人間だ。

「旦那様、そろそろお時間が」

ヴィクトルの陰に控えていた、頭に二本の角を持つ黒髪の男性——ニールがそっと声をかける。

「もうそんな時間か」

ヴィクトルは残念そうに息を吐いた。

「名残惜しいが、これから来客がある」

「うん、気をつけて帰って」

見送りの言葉を言ってその場を離れようとすると、すぐさま呼び止められた。

「ノア。今日は帰ってきてもらえないだろうか。久しぶりにゆっくりと話がしたい」

「気が向いたらね」

ヴィクトルは苦笑し、階段を上って帰っていく。従者のニールとともに。

ノアはその姿を見上げながら、小さなため息をついた。

頭が痛い。

ヴィクトルが言い出す改まった話は、大抵がややこしいものだ。雇われている身だからあまり文句も言えないが。

「さて、お仕事お仕事」

ノアの仕事はいまのところ旧王都の調査である。少し前までは一人でやっていたが、いまは調査員も増員されているので賑やかだ。

すでに人員は足りている。ヴィクトルからは別の仕事の打診も受けているが、いまはまだ保留にしていた。

甘えだとわかっていても、いまはまだこの旧王都で過ごしたい。

「ノア様！　大変です、怪我人が出ました！」

穴の上から切羽詰まった声が響く。

「いま行く！」


怪我人は城の西側の、城壁の下にいた。

人間の耳と犬のような耳が生えている、四耳族の獣人の青年が、足から血を流して倒れてた。

作業中に木の根で足を滑らせて、切り立った崖から落ちたらしい。

幸い高さはあまりなかったが、下に崩れた城壁の一部が落ちていたのが不運だった。

ノアは集まった調査員の手を借りながら、慎重に崖の下に下りる。軽々と移動できればいいのだが、残念ながら運動神経はあまりよくはない。そして長い年月で森に飲み込まれた旧王都は、足場が悪い部分が多い。

無事怪我人のもとに辿り着くと、すぐそばに膝をついた。

身体の中を、診る。

集中し、身体の内側へ意識を潜らせる。

（頭はだいじょうぶ）

落下の衝撃で気絶しているが、頭はぶつけただけで中の損傷はない。たんこぶ程度だ。他の部分の修復に移る。

左大腿部の太い血管に裂傷あり。千切れた組織を繋《つな》ぎ合わせて出血を止める。腰のポーチの中の亜空間から取り出した清潔な布で、怪我の部分を縛《しば》る。同時に皮膚も繋ぎ合わせる。切り傷と違って組織がえぐれているため、なかなかきれいには出来上がらなかったが。

最後に地面に染み込んでいる血液の成分を、身体の中に戻す。

怪我人の身体の内部から、視線を外す。

「応急処置は終わり。安全なルートで治療院に運んで。私は先に行って準備しておく」

「あ、はい！」

運搬は調査員たちに任せて、脚力を強化して坂を登り、通常ルートへ戻る。

治療院は城のある丘の下。

転ばないように気をつけながら、道を下る。通路はかなり整備が進み、木や根の除去が行われたため歩きやすくなった。

慌てなければ転ぶようなことはない。

ノアは息を切らせて、元からあった建物を改造してつくった診療所に入る。

誰もいない。いまは入院患者がいないので、助手もいない。いるのは昼寝中の黒猫一匹だけ。

あるのは施術室と、患者を休ませるための部屋だけ。ベッドは四つ。

施術室のベッドを整えていると、先程の患者が運ばれてきた。

患者をベッドに寝かせて、他の人間を診察室から出す。猫も。

(さて、と)

広くはない、清潔な部屋に患者と二人きり。

「名前は言える？」

返事はない。まだ気絶中。

脚に巻いていた血が滲《にじ》んだ布を取る。怪我の周りの服を切る。貼りついた布を剝がしていく。出血はほとんど止まっていた。

すべての処置で手で何の道具も使わずに。導力だけを使って。

荒く繋ぎ合わせた皮膚を、もう少し丁寧に繋げる。足りない皮膚組織は患者の別の場所から持ってくる。

骨折が三ヵ所。骨を繋ぐ。

負傷したときに体内に入った余計なゴミや生物を分解。

(修復終わり)

急ぎの人体修復は終了。あとは患者自身の生命力で治る。しばらく痛み、熱が出たりするだろうが、治るための痛みだ。耐えてもらいたい。

患者の頬を軽く叩く。

患者がゆっくりと目を開いていく。

目覚めた患者の手を握る。

「はい。これでもうだいじょうぶよ。落ち着いたらアリオスでゆっくり休んで、元気になったらまた戻ってきてね」

「ノア様……あなたは聖女様だ……」

「聖女ではないです」

意識が朦朧としている相手でも、きっちり否定はしておく。

どうせなら医者と呼んでほしいのに、どうしていつも聖女扱いなのか。そのどちらでもないけれど。

聖女なら、神の力でどんな傷も跡形もなく治せる。そんな奇跡はノアには使えない。限りなく近づけることはできても、似ているだけで同じではない。

ノアは錬金術師だ。

それも三百年前から来た、滅びの王国の錬金術師。

2　旧王都への観光客

施術室を出て、外で待ってくれていた人たちに、患者を奥のベッドに運んでもらうように頼む。

「アリオスに行ってくる。さっきの人が熱が出るようならこの薬。痛みが強いようならこの薬。もし他に怪我人が出たらこの薬を飲ませて。急を要するなら侯爵邸まで呼びに来て」

現在出回っている一般的な材料から調合した薬の中から、「熱」「痛み」とラベルを貼った瓶と、あとは昔に錬金術でつくった緊急回復薬を薬箱に入れて、いつも率先してノアの手伝いをしてくれる青年に薬を渡す。

「それじゃあ、いってきます」

治療院の外に出ると、青い空が広がっていた。白い、やわらかそうな雲がふわふわと流れている。

誰も住んでいない市街地に下りて、外に向かう。街の終わりの場所には、移動用の馬が繋いである馬小屋がある。見張りの兵にノアの馬を出してもらう。

月毛のきれいな馬。

乗ろうとすると、いつの間にかついてきていた黒猫がノアの肩の上に飛び乗る。めずらしいこともあるものだ。

ノアは兵士の手を借りて、横乗りで鞍に座る。

（いい加減、ひとりで乗り降りできるようにならないとなぁ）

手綱をしっかりと握り、馬上から兵士に礼を言う。

「あ、ノア様。この前いただいた滋養強壮剤ってやつですが、おかげですごく調子がいいですよ！風邪も一晩で治りましたよ！」

「そう？　よかった！」

（とりあえずヴィクトルの話を聞いて、薬草園の様子を見て、減ってきた薬を調合して、差し入れを見繕って）

馬を歩かせながら、アリオスに帰ってからやるべきことを考える。

(常駐の医師もいてくれたほうがいいだろうな。この場合、市長に頼めばいいのかしら。それとも領管理官? うーん、とりあえずヴィクトルに相談してみよう)

いまのノアの立ち位置はとても不安定だ。

旧王都の調査を任されていた流れから、いまも調査員の責任者のようなことをしているが。都市開発と協力して進めていける専任の監督がいたほうがいい。

権利者に直接話を通すことはできても、ノア自身には権力も何もない。いまのままだと時間が経てば経つほど、調査員に負担がかかる。

(薬の研究一本に絞ろうかな。錬金術がなくてもつくれる薬をつくって、売って……あ、そうすれば引きこもれる!)

素晴らしいアイデアに心が躍る。薬の開発で医術の発展に貢献する。なんてやりがいのある仕事だろう。

本当は錬金術を堂々と使って、人を治療したりしたいのだが。

空を見上げる。

青い空を流れる雲はあんなに自由なのに。

帝国の皇帝が錬金術師を探している限り。帝国の犬になる覚悟ができない限り。自由に錬金術を使えるようになる日は来そうにないのが残念だった。

手の届かない空から、進むべき一本道に視線を戻したときだった。道の先で倒れている人影の存在に気づいた。

すぐに馬から下り、馬が逃げないように手綱を木にくくりつけてから、急いで駆け寄る。

暗灰色のマントに身を包んだ、若い男だった。

顔や手足に擦り傷はあるが、大きな怪我はない。

少し前にヴィクトルの一行が通っていったはずだ。その時点で倒れていれば拾われていたはずだから、まだ倒れてからあまり時間は経っていないだろう。

腕の力を強化して男の身体を起こさせ、木に寄りかからせる。

「う……うう……」

力のないうめき声。

とりあえず水だ。水が入った水筒に塩とハチミツを少し入れる。それを唇に当て、ほんの少し注いで口を湿らせる。

顔の表情が動く。男は自ら両手で水筒を抱え、ごくごくと飲み始める。

ノアは安堵した。

自力で水が飲めるのなら、症状は軽い。

次は携帯用の食料の中から固形スープと木製のカップを取り出す。固形スープを小さく割って、体温程度に温度を上げた水に溶かし、薄いスープをつくる。

つくっている間、男は閉じられていた目をなんとか開いて、何かの言葉を口にする。

（帝国の言葉？）

困った。帝国語はわからない。聞きかじったことはある。書いてあるものなら何とか読めるが、会話はできない。

相手もこちらが言葉がわからないことに気づいたのか。

「君は……」

聞きなれた王国語で話してくれた。

「君は……女神かな……？」

「違う」

相当錯乱しているらしい。危険だ。早く回復させないと。

中身のなくなった水筒を受け取り、スープを手渡す。

「ゆっくりどうぞ」

スープを飲んでくれている間に、ドライフルーツを練りこんだパンを小さくちぎる。

パンは一度に食べさせるのは危険だと思ったので、一口分ずつ手渡す。

――ああ、亜空間ポーチというのはなんて便利なんだろう。

収納容量は無限に近く、中に入れている限り劣化もない。こんな素晴らしい発明をしてくれた錬金術師マグナファリスに何度目かわからない感謝をした。

「私はノア。あなたのことはなんて呼べばいい？」

パンを渡しながら問いかける。

ノアは改めて男の姿を見た。

茶色がかった暗い色の髪、森のような緑色の瞳。目元は涼やかで、顔立ちは整っている。唇は少し荒れているが、顔色はこの短時間で正常な範囲に戻ってきていると思う。

「ファントム」

――亡霊。

本名だろうか。通り名だろうか。

冗談を言っているようには見えない。

「あちこち旅をしているんだ。アリオスに来たついでに旧王都も見てみようと思ったんだけど、森で迷ってしまってね」

いきなり饒舌《じょうぜつ》になってきて、ノアは驚くと同時に安堵した。

「それは……不運でしたね」

「いや、君のように美しい人に助けてもらえたのだから幸運さ」

軽い。

「それじゃあ、ファントムさん」

「そんな丁寧な呼び方をされたのは初めてだよ！」

何故か腹を抱えて笑い出す。やはり本名ではないのだろうか。

困惑したが、気を取り直してファントムと向かい合った。

「残念だけど、いまは旧王都は調査中で、いろいろ危ないから見学は受けつけてないの」

「ああ、それは残念だ」

「後日でいいなら私が案内するから、しばらくはアリオスで旅の疲れを癒やしてて」

「ああ！　それは素晴らしいお誘いだ！」

朗々とした声が森に響く。

発声や動作、表情、すべてがどこか芝居がかっている。演劇関係者なのだろうか。そういえばアリオスに移動劇団がやってくるとかいう話を聞いた気がする。

(それにしても元気だな)

行き倒れ寸前だった割には、感心するほどに回復している。これならもう安心だろう。

ずっとノアの背後に隠れていた黒猫がニャア、と鳴いて前に出てきた。

「おや、こちらの美しい貴婦人は？」

「グロリア」

「撫でていいかな？」

「本人が良ければ」

「あ痛ぁ！」

細い牙が触れようとした指先に噛みつく。容赦がない。

「そろそろ立てそう？」

「あ、ああ。世話をかけたね」

ノアが立ち上がると、ファントムも立つ。ふらついている様子はない。

「それじゃあ、アリオスまで送るから馬に乗って。私が手綱を引くから」

「ええっ？　いやいや、女性を歩かせて自分だけ馬に乗るなんてできないよ」

「行き倒れてた人が文句言わない」

渋るファントムを馬に乗せて、森の道を歩く。

旧王都と城郭都市アリオスを繋ぐルートは、少し前はほとんど森だったが、いまは整備された道ができている。

昔は怪しい人間が森に潜んでいたりもしたが、往来の増えたいまは出てこないので治安もいい。

道中で何があって行き倒れかけるまで迷ってしまったかはわからないが、相当な不運、もしくは方向音痴なのだろう。

ファントム本人の強い希望により、城壁の西門に近づいたところで馬を下りる。どうしてもこのまま中に入るのは抵抗があるらしい。

「宿とかの当てはあるの？」

「ああ、心配しないでくれ。いろいろとありがとう、ノア。この礼はいつか必ず」

「気にしないで。——あ、そうだ。代わりに、誰か困っている人がいたら助けてあげて。それじゃあまた！」

3　侯爵邸に嵐来たりて

街の中央にある侯爵邸に辿り着いたノアは、使用人用の入口から中に入る。

「おかえりなさいませ、ノア様」

ドアを開けたらメイドのアニラが立っていた。

ウサギの耳が特徴の可愛らしいメイドだ。ノアが帰ってくるのを音で気づいていたのだろうか。

「はいはーい。お客様がいらっしゃいますので、ドレスに着替えてくださいね」

ほとんど強制的にノアがいつも使っている客室まで連れていかれる。

以前採寸してつくった専用のドレスに、慣れた手つきで着替えさせられる。ノアの好みが考慮された、シンプルで動きやすい装飾の少ないドレス。

「ヴィクトルはいる？」

髪をセットされながら問う。

「旦那様は応接間にいらっしゃいますよ。あ、もう終わったみたいですね」

ノアが聞こえないものが聞こえているらしく、窓から外を覗く。

客室の窓からは、正面玄関を見ることができる。アニラと並んで外を覗くと、玄関の前にはやたら立派な馬車が停まっていた。

（貴族？）

商人という可能性もあるが、順当に考えれば貴族だろう。

馬車の前にいるのは、豪奢《ごうしゃ》なドレスを着て、髪を結い上げた女性だ。三十代半ばくらいだろうか。いるのは女性と従者だけで、ヴィクトルの見送りはない。

貴族女性は視線に気づいたのか、顔を上げてこちらを見てくる。

ぞっとした。

復讐相手を見つめるような、怨念をも感じる表情で睨《にら》まれる。初対面に間違いないはずなのに。

「うひゃあ、怖いですねぇ」

歯に衣《きぬ》着せぬ悲鳴。素直なのはアニラの美徳である。

幸いこちらからの声は相手には聞こえなかったようで、女性はそのまま護衛と共に馬車に乗り込み、侯爵邸を去っていく。

「いまの女性は？」

「サンドラ・バルクレイ先代伯爵夫人です」

「バルクレイというと、お隣さんだったっけ」

帝国の地図を見せてもらったとき、そんな説明を聞いた覚えがある。

「そうそう、そのとおりです」

アニラはきょろきょろと周囲を見回し、耳を向け、誰もいないことを確認してから、こっそりと話してくれた。

「うちの旦那様のことが大好きみたいなんです」

「それはそれは」

驚きはしない。ヴィクトルは顔が整っている。体格にも恵まれ背が高く、そしてどこか危うげな雰囲気がある。年上からも年下からも好意を寄せられる容貌だ。

「あ、そうだ。ノア様が頼まれていたものが納品されていますよ。研究室に置いていますからね」

「うん、ありがとう」

アニラが片づけをして部屋から出ていく。

ノアもヴィクトルを探すか、研究室に行くため部屋を出ようかと思いながら、走り去っていく馬車を眺める。

その時、馬車とすれ違うように、また別の人間が敷地内に入ってきたのが見えた。

赤い髪が印象的な若い女性だった。二十歳前後ぐらいだろうか。男性のような黒い軍服を着て、颯《さっ》爽《そう》と肩で風を切る姿が目に焼きついた。

##

階段を下りて、一階の玄関ホールに向かう。一階は公的な場である側面も強い。

領主の執務室は、侯爵邸の一階の中央。領地の管理をする役人が仕事をしている大部屋の隣にある。

書斎とはまた別の、公的な仕事のための部屋だ。

執務室の前に廊下に、赤髪の女性が壁に背を預けて立っていた。

女性はノアに気づくと、カツカツとヒールを鳴らしてノアのところへ歩いてくる。

一言、帝国式挨拶《あいさつ》。

ノアがすぐに反応できなかったことに気づくと。

「こんにちは」

王国語の挨拶に切り替えた。

「こんにちは」

「あなたがベルナデッタ様ですか？」

「いえ、私はフローゼン侯爵の遠縁で、こちらへ勉強に来ている身です。エレノアと申します」

嘘は言っていない。

名前も貴族風に少しだけ長くする。本名ではないが、昔よく呼ばれていた愛称だ。

「申し遅れました。あたしは帝国警察のレジーナ・グラファイト」

警察——軍隊か、自警団のようなものだろうか。

ベルナデッタはヴィクトルの妹の名前。レジーナと名乗るこの女性は、ヴィクトルのことをよく知っている人物なのかもしれない。

「悪いことは言いません」

レジーナは勝気な笑みを浮かべる。優位性のある立場から見下ろしてくる微笑みだ。

「悪魔にはできる限り関わらないほうがいいですよ」

「悪魔？」

「その魂を喰われてしまうでしょう」

(……何を言っているんだろう、この人)

いきなり悪魔と言われても、悪魔と関わった記憶などないのだが。

「ちょうどいい。貴女にも同席してもらいましょう」

勝手に決めて、勝手に領主の執務室のほうに歩いていく。案内もないのに堂々とドアを開ける後ろ姿に、ノアは冷や汗をかいた。


「失礼。帝国警察遊撃隊所属レジーナ・グラファイト警部です」

勢いよく飛び込んだ執務室の中には、ヴィクトルと領管役人がひとり。

ふたりとも、突然の侵入者に呆気に取られている。

レジーナの無作法に。

そして連れてこられてしまっているノアに。

(いたたまれない……)

身体を小さくするノアとは対象的に、レジーナは胸を張って座ったままのヴィクトルを見下ろす。

「お久しぶりです。ヴィクトル・フローゼン侯爵閣下」

(知り合い?)

知り合いだからこんな傲岸不遜《ごうがんふそん》な態度なのだろうか。

ヴィクトルは役人を下がらせ、座ったままレジーナに視線を向ける。

「ようこそグラファイト警部。辺境までよくぞ来られた」

「こちらにきて驚きました。アリオスの空は赤いと聞いていたのですが？」

「そんな時もあったな。その原因も、青く晴れた理由もいまだ不明だが」

「そうなんですか。不思議なこともあるものですね。まあ、空は青いのが普通ですし」

ふわり、と赤い髪をかき上げる。

「あたしがここに来たのは、アリオスに錬金術師がいると報告があったからです」

「それはそれは。ご足労いただいたところを申し訳ないが、こちらにはそのような報告は上がってきてはいない」

「空の色が変わったのも、錬金術師の仕業では？」

「それは面白い推測だ。もし錬金術師が実在するのならば、ぜひ一度お会いしてみたいものだな」

息をするように嘘を言う。

（どうして私はここにいるんだろう……）

居場所を見失っていると、レジーナがくるりと振り返って緑の双眸《そうぼう》でノアを見据える。

「エレノア様、貴女は？　錬金術師を見たことは？」

レジーナの迫力に押されて、一瞬息が詰まる。

「私ですか？　えっと、それはいったいどのような方々なのでしょうか？」

「とにかく怪しいやつです」

「怪しい……？」

「怪しい術を使うのだから怪しい人間に決まっています！」

「そうなんですか……」

なんて具体性のない。

「申し訳ありませんが、思い当たりません……」

この状況で名乗り出る気にはとてもなれない。

しかし、だいじょうぶなのだろうか。この警察という組織は。

怪しいの基準が主観によるものな上、曖昧すぎる。怪しいというだけで容疑をかけていたら収拾がつかなくなるだろう。

何故かこちらにまで疲労が押し寄せてくる。

レジーナは「ふむ」と頷《うなず》き、再び椅子に座ったままのヴィクトルに力強い視線を向ける。

「侯爵閣下。捜査のためにしばらくこちらに滞在させていただいても？」

「ああ、ご自由に。しかしあまり勝手に屋敷内を歩かれても困るので、行動範囲は指定させていただく。ご了承願えるだろうか」

「ええ、もちろん」

「捜査とやらは自由に行っていただいて構わないが、市民に迷惑をかけることだけは遠慮願いたい」

「もちろんですとも。帝国警察はすべての帝国民の味方ですから！」

かくして嵐はしばらく滞在することとなった。

4　ひとときの別れ

あの後、公務の邪魔ということで、ノアはレジーナと一緒に仲良く執務室を追い出された。

レジーナは客室に案内されていき、ノアは住み慣れた部屋で休憩することにした。なんだかとても疲れた。

部屋に戻り、机の上に置いたままにしていた一冊の本を手に取り、椅子に座る。

帝国語で書かれた子ども向けの本だ。

ここはかつて王国の土地だったこともあって王国語が通じるが、帝国語は微妙に違う。だから勉強が必要だった。読み書きは少しずつ慣れてきたが、話し言葉は独学では難しい。

言葉の勉強、歴史の勉強、地理の勉強、社会情勢の勉強。三百年を追いつくのは大変だ。家庭教師が欲しいと心底思った。


夕食会の後、ノアはヴィクトルの書斎を訪れることにした。夕食会はレジーナも一緒だったので話らしい話ができなかった。

ノックして書斎に入ると、ヴィクトルはやわらかい微笑みで迎えてくれた。

仕事用の立派な机の上には、地図が広げられている。地図を見ながら何やら思案していたらしい。

外で会う時はいつ仕事をしているのかと心配になったが、家にいるといつ休んでいるのかと心配になる。

　ドアを閉め、奥には行かず、入口のところで話しかける。

「話ってなに？」

　前置きもなく単刀直入に聞いてみる。ヴィクトルは笑みを深めるだけだった。

「何か飲まないか」

　書斎には高そうな酒とグラスがいくつか置いてある。

　それらを見ると、記憶はないけれど以前酒で失敗したかのような、甘くて苦い胸騒ぎが起きる。

「ありがとう。でも、やめておく」

　ヴィクトルの見ていた地図を見るために、部屋の奥に進む。

　隣に立って、地図を見下ろす。帝国の、そしてその周辺の国の形が描かれていた。

　フローゼン領から帝都は遠い。そして世界は、ノアの知っているそれより遥かに大きい。

　地図を見るたびに思う。自分の知っていた世界が驚くほど小さなことを。

「明日から三日ほど出かけてくる」

「どこへ？」

「バルクレイ伯爵のところだ」

　指先が、地図の上のバルクレイ伯爵領の街を示す。

　地図の上では、近い。

「今日来ていた夫人のところよね」

「彼女は先代伯爵夫人だ。先代伯爵は先日亡くなられ、いまは子息が爵位を継いでいる」

つまり未亡人。

未亡人なら、倫理的には問題ない。

「そう。ごゆっくり」

「……何か誤解をしていないか。私と夫人とは何もない」

（ヴィクトルはそう思っていても、相手はどうかしら）

目が合ったとき初対面にもかかわらず、憎々しいものを見るような顔で睨まれた。

思い出すだけで怖いので、このことはあまり考えたくはない。

「話ってそのこと？」

「いいや、婚約の件のほうだ」

いままでより強い口調で言われる。

「帝都に婚約者役で同行しろって話？　まだ諦めてなかったの？」

「諦める？　私があなたを諦めることなど、あるはずがない」

目を見て言い切られる。

――困った。

本気で困ってしまった。

婚約者役以外なら荷物持ちでもなんでもするが、これぱかりは承諾しにくい。なんとか考え直してもらえないだろうか。

侯爵の婚約者役として帝都に行けば、社交はきっと避けられない。帝国語も話せないノアが、うまくこなせるとは到底思えない。社交が失敗して一番困るのはノアではないのだが、本当にわかっているのだろうか。

それでも熱望してくるのは、傍に置く婚約者役として都合がいいからだろうが。

それでもやはり『結婚はしない婚約者』になるのは、抵抗感がある。昔、一度婚約破棄をされた身としては。

ノアは悩んだ末、自分の中に妥協案を見つけた。

「……ヴィクトル、お願いがあるんだけれど」

「どうした」

「帝国の言葉、歴史、マナー、あと社交界のこととか。もっとちゃんと勉強したいの。そういうことを教えてくれる、家庭教師みたいな人を紹介してもらうことってできるかしら」

「そうか、それは配慮が足りなかったな」

どこか嬉しそうに微笑む。

ノアが前向きに考え始めたと思っているのかもしれない。

逆だ。

これでまったく成果が出なかった場合、とても婚約者役など重要な役割を任せられないと目を覚ましてくれれば、こんな馬鹿げた話は流れるだろう。

それでも流れなければ、その時はもう割り切って演じ切ってみせる。失敗しようとも。

これは賭けだ。

「教師代は報酬から差し引いておいて。あと、旧王都に常駐医を、交代制で派遣してほしいの。割と怪我人が出るから」

「すぐに手配しよう」

「あとその……私はそろそろ身を引こうと思うから、ちゃんとした責任者を置いてあげて」

寂しいけれど。

机上の地図に背を向け、机の縁に体重を預ける。

「あなたはよくやってくれた。どれだけ感謝をしても足りない」

「うん、ありがとう」

やさしい声に少し泣きそうになる。

「これからも力を貸してほしい」

「こちらこそ」

顔を上げると目が合う。吸い込まれそうなほど青く、透き通った瞳。

思わず目をそらし、自分の腕をぎゅっと握る。

この男は危険だ。傍にいたら、その手を取ったら、二度と離れられなくなってしまいそうで。

距離を。そう距離感を大切にしなければ。

気を取り直して、ヴィクトルと向き合い直す。

「あと、錬金術を使わずにつくれる薬で、量産したいものがあるんだけど、できたら販売しながら広めていきたいの。でもどうやって売っていったらいいのかわからなくて。相談に乗ってくれる人っているかしら」

「それならば、ちゃんと事業にしたほうがいい。私も出資しよう」

話が早すぎる。

「まだ具体的な話を何もしてないのだけど」

「あなたがつくるものに間違いはない」

言いながら、身体を反転させて机の縁に座り、ノアの顔を覗き込んでくる。

全面的に信頼されるのは、嬉しい反面少し怖い。ノアにできるのは、少しでも品質のいいものをつくること、それだけなのだが。

「それで、どんな薬を？」

「いまレシピができているのは、熱を下げる薬と、腹痛用の薬と、痛み止めと、滋養強壮のお薬。後は二日酔いの薬とか。自分の身体でも試しているし、調査隊の皆にも成り行きで使ってもらったけれど、いまのところ好評よ」

「なるほど。それはいずれ領を代表する輸出品になるかもしれないな」

「そんな大げさな」

誰かの役に立って、ほんの少し懐《ふところ》が潤って、また別の薬をつくる資金にできたら、ノアはそれで満足だ。

「荷が小さく軽くて輸送がしやすく、付加価値が高く、消耗品というところが理想的だ。効果が高ければ自然と広まっていき需要も伸びるだろう。期待している」

「がんばります……」

##

翌日。

早朝から出発する侯爵一行の姿を、ノアは玄関ホールから見つめていた。

同行するのは従者のニールと護衛兵五名。大所帯に感じたが、おそらくこれが普通なのだろう。

(なんだろう……)

まだ薄暗い空を見ていると、言葉にならない不安が湧いてくる。

ヴィクトルは強い。ノアの知っている、この時代の人間の中で一番。キメラだって撃ち落とす。

ニールも強い。護衛兵も侯爵に同行するのだから精鋭が揃っているはず。

それなのに何に不安を抱く必要があるのか。

──一瞬、旧王都の地下にあった石の玉座が思い出された。

「ヴィクトル、これを預かってて」

持ってきたとはいえ渡すのを迷ってずっと握っていたそれを、ヴィクトルに手渡す。

小さなルビーがついた、イヤリングの片方だ。

「無事帰ってこられるように、おまじない」

遠くへ出かける者に愛用しているものを貸す、古いおまじない。

大げさだと、きっと笑うだろうけれど。

ヴィクトルは手のひらのそれを見つめ、握りしめた。

「ああ。必ず無事に戻ってこよう」

「うん。いってらっしゃい」

5 帝国警察遊撃隊のお仕事

出発を見送った後、ノアは中庭の端にある薬草園へ向かった。

元々は、侯爵邸の料理人でもあるニールが料理用のハーブを育てていたところを拡張してもらって、いっしょに調合用の薬草を育ててもらっている。ハーブにも薬効のあるものが多いのでちょうど良かった。

こまめに手入れされているようで、雑草はほとんど生えていなかったが、気づいたところの草むしりをする。

それが終わると、必要な薬草を採取。

今日は調査隊で減った薬の調合をすることに決めている。他の材料は研究室の在庫と、納品があったものを使えば足りるはず。

（薬効が高いのは液体だけど、販売する方は丸薬のほうがいいわよね）

薬草とハーブを抱いて、一階の研究室に入る。元は倉庫だったところを譲ってもらった場所だ。旧王都の近くの森の中にも研究のための家があるが、最近はもっぱらこちらを使っている。

納品物を確認する。大型の木箱に入っていたのはハチの巣だ。蜜を絞っていない状態の、そのままのハチの巣。

アリオスの周りは森で、養蜂が盛んなため、新鮮で質の高いハチの巣と蜜が手に入る。

これがとてもいい薬になる。

それからノアは、アニラが呼びに来るまで食事も忘れて薬の調合を続けた。

朝食兼昼食を食べて一息ついて再び薬草園へ行こうとすると、レジーナと出会った。

中庭の芝生の上に寝転んで昼寝をしているレジーナを。

もしかして具合が悪くなって倒れているのだろうか。心配して声を上げると、レジーナは顔に載せていた帽子を取って、ノアを見つめた。

「あの、レジーナ様?」

「どうかした?」

顔色はいい。すこぶるいい。

「いえ、何をされているのかと気になって」

ふふん、と鼻を鳴らす。

「警察というのはね、事件があるまで暇なんですよ。特に遊撃隊は仕事のない部署ですから」

部署があるのに、仕事はない。

（……仕事をさせないための部署？　まさかそんな無駄なものがあるはずない……ないよわね？）

首を横に振る。あるはずがない。

「だから、事件が起こるまで英気を養っています。いちおう、事件はないか探してみたんですよ？　でもこの街平和すぎて。牛泥棒がどうとかそれくらいしかなくて」

「錬金術師とかを探しに行かなくてもいいのですか？」

「街を歩いて偶然見つかるものじゃないですよ。相手もそんなに馬鹿じゃない」

「そうなんですか……」

なんだろうこの感情。馬鹿と言われたからだろうか。腹の底がもやもやする。

「です。休暇と思ってゆっくりしますよ」

仕事がないのに休暇がある。まるで暇な貴族だ。

「それではレジーナ様。お茶を淹《い》れますので、帝国のお話を聞かせていただいてもよろしいでしょうか」

「仕方ありませんね。このあたしが特別に教えて差し上げましょう」

起き上がって、全身についた草を払う。

炎のような赤い髪をふわりと揺らして。


茶会は中庭に面したテラスで行うことにした。

キッチンに行って手早くお湯を沸かし、茶葉を用意して、ニールが作ってくれていたクッキーを拝借する。

「あら、おいしい」

ノアの淹れた紅茶に、レジーナは感嘆の声を上げた。

「よかった」

自分のためによく紅茶を淹れていたので、味には少し自信がある。

茶葉も侯爵家だけあっていいものが揃っている。茶器も。この家に足りないのは住み込みの使用人くらいのものだ。

「ところでエレノア様は侯爵閣下とはどのような関係で？」

「遠い親戚です」

前回と同じ内容を繰り返す。

「それだけ？」

「はい」

あまり突っ込まれるとどう答えたものか困るので、レジーナに話してもらうことにする。

「レジーナ様こそ侯爵様とどのようなご関係なのですか？」

「大学の同期です。侯爵閣下はそれはまあ優秀な御方で、それが気に入らないやつらもたくさんいたんですが、全部、ぜーんぶ返り討ちにしていました。頭でも、力でも。まったく、綺麗《きれい》なお顔してどこにあんな力があるんだか！　それでついたアダ名が『灰色の悪魔』なわけです」

(灰色の悪魔……)

紅茶を飲みながら、不吉な名前を心の中で繰り返す。

最初に言っていた悪魔とは、ヴィクトルのことだったようだ。

その言葉選びは間違ってはいないと思った。ノアも最初は彼が怖かった。

「灰色の悪魔に手を出したものは呪われ、魂を喰われると評判でしたよ。悪魔は今度は何を喰らうおつもりなのか、ね?」

「それは……」

(そんなことはない、と思う)

彼が怖いと思ったのは、強いからだ。

あまりに強い力を怖いと思った。けれどいまは。

怖いだけではない。

「貴女も、愛人だか恋人だか片思いだか知りませんが、深入りしないほうがいいですよ」

「ご安心を。そういう関係ではありませんから」

「レジーナ様ってどんなお仕事をされているんですか?」

「いままで一番大変だったのは、穴を掘って埋める仕事ですね」

「……穴に、何を?」

「何も? ただ穴を掘って、自分で埋める。この繰り返し。これが意外と精神的にキツイんですよ」

(仕事とは……?)

そんな生産性のない仕事が存在してもいいのだろうか。

この世の仕組みは複雑すぎて、ノアにはよく理解できない。

レジーナは机に突っ伏す。

「あーもー、働きたくない。働かずに生きたい。ちょっと犯人取り逃がしちゃったり証拠品失くしちゃったり賄賂《わいろ》受け取ったぐらいでさぁ。遊撃隊なんて掃き溜めに飛ばされちゃうなんてさぁ。あたしの人生ツイてない」

「…………」

レジーナの呟きの内容はよくわからなかったけれど。レジーナの生き方はなんというか、こちらが焦ってくる。

なんだか、これ以上話していると引きずられそうで怖い。

そろそろ切り上げようと考えていた時。

「なんだなんだァ！　せっかく来てやったのに留守だとぉ！」

玄関ホールのほうから落雷のような怒号が響いた。


「あたしに言われましてもー！」

アニラの泣き声が響く。ノアは急いで中庭から玄関ホールへ移動する。

「そりゃちっとばかし遅れちまったが。クソ！」

玄関ホールで応対するアニラの前に、大きな影。

がっしりと鍛えられた熊のような肉体。

立派な髭《ひげ》を蓄えた、壮年の男性。眼光の鋭さは猛禽類《もうきんるい》を思い起こさせる。

「えぇーっ！　あの方は伝説のリカルド将軍閣下！　どうしてこんな辺境に」

ノアの後ろに隠れながら、レジーナが驚きの声をこっそりと上げる。

こんな辺境、という言葉は気になったがもっと気になる言葉があった。

「将軍閣下？」

「ええ。帝国第四師軍の元将軍よ。残っている武勇伝は何十、いや何百、いえ何千――」

リカルドと呼ばれた壮年の男性は、こちらに気づいてノアを見た。

目が合うと、にやりと笑う。射すくめられそうで、だがどこか愛嬌《あいきょう》のある表情で。

視線は後ろのレジーナに移る。

「その制服、お前は警察か」

問いながら、ゆっくりと近づいてくる。

「あ、はい。帝国警察遊撃隊所属レジーナ・グラファイト警部です」

ノアの背中に隠れたまま答える。

丸太のような腕が、レジーナの腕を捕まえた。

「遊撃隊か、なるほどな。ちょうどいい。あいつが帰ってくるまで特別に鍛えてやろう」

「ひえっ？　あ、あたしは休暇中の路傍の石でしてー」

ずるずると中庭へ引きずられていくレジーナを、必死で助けを求める視線を、ノアは見送ることしかできなかった。

「あの方は?」

アニラに問う。

「昨日来られるはずだったお客様、帝国軍の元将軍リカルド・ベリリウス士爵です。ああ、お客様がたくさん……ニールさん早く帰ってきてくださいー」

「落ち着いてアニラ。私も手伝うから」


そして、怒濤の三日間が過ぎた。

帰還予定の日になっても、ヴィクトルは帰ってこなかった。

(遅い……)

夕暮れの空は血で染めたように赤く。

(まあ、少し遅れるなんてよくあることなんだろうけど)

向こうで盛り上がって、出発が遅れたのかもしれない。道中でトラブルがあったのかもしれない。

きっと大したことはない。

自分に何度も言い聞かせて、それでも万が一のときのために、いつでも探しに行けるように準備を進める。

重傷を負ったニールが、商隊の馬車に乗せられてひとりで戻ってきたのは、翌日の昼過ぎのことだった。

第二章　帝国の錬金術師

1　侯爵行方不明事件

一行はバルクレイ伯爵邸からの帰り道、互いの領地の中間地点で牛の化け物に襲われたという。

――ノアはニールの話を聞きながら、この化け物にミノタウロスの名をつけた。

森のほうから突進してきたミノタウロスは、その巨躯でまず馬車を破壊し、馬を潰した。

ニールと護衛兵はミノタウロスを追い払うため応戦するも重傷を負い、ヴィクトルはひとりでミノタウロスを引きつけ、森の方角へ消え、そのまま帰ってこなかったという。

偶然街道を通りかかった商隊に助けられ、比較的怪我の程度が軽かったニールが救援を呼ぶために商隊の馬車に乗せられてひとり帰還した。

他の護衛は近隣の村で手当てを受けているはずだという。

話し終えた後、血を吐いて意識を失ったニールを一番近い寝室に運び、ノアは人体修復を行った。

ここまで来れたのが信じられないほどの重傷だった。

治療が終わったときには、既に夕方になっていた。

終わってすぐに、ニールは目を覚ました。驚くほどの生命力だ。

「お疲れ様」

塞いだ傷跡に包帯を巻きながら、声をかける。

「……ノア様の治療はとてもあたたかいのですね」

ベッドに寝たまま寝起きのような声で呟《つぶや》き、身体を起こそうとする。

ゆっくり休んでと言っても無駄だろう。

「いまは三役の方々が捜索方針を決めながら、捜索隊を編成しているわ」

三役とは、フローゼン領の防衛隊長、アリオスの統括者である市長、領全体の責任を持つ領管理官の三人だ。

「ニールさんも、止めても行くんでしょう」

一日ぐらい休んでほしいところだけれど。

困ったような笑みが、決意の固さを表している。

「疲れたらこれ。滋養強壮の薬。あとこれは緊急回復薬、六人分。死んだら治せないけれど、死ぬ前なら一命は取り留められると思う」

薬瓶が割れないように箱に入れて、適当な鞄に詰めて、机の上に置く。

「ありがとうございます」

全身の治療を施したのに、ニールの顔色は優れない。

守るべき主を守れなかったこと。

ひとりで戻ってくることになってしまったこと。

さまざまな後悔がニールを苦しめていることがわかる。

かけられる言葉などない。ノアにできるのは、傷を癒やし、次に動くための力を渡すことだけだ。

ドアが乱暴に一回、外から叩かれた。

「邪魔するぞ」

「将軍！」

入ってきたリカルド元将軍の姿を見て、ニールの表情が変わる。

「お、なんだニール坊。思ったより元気そうじゃねぇか」

（全力で治しました）

それはもう身体の隅々まで。

リカルド元将軍はにやりと笑ってノアを見る。

「お嬢さんの腕がよほどいいのか。伝説の聖女様なんじゃねぇのか」

「ニールさんの生命力の賜物《たまもの》です」

「なるほど」

ドアを閉め、ベッド横の椅子に腰を下ろしてニールを見る。

「来てくださっていたんですね」

「ああ。お前らが行っちまった次の日にな」

「それは……申し訳ございません」

「別に構わん。気になるのは、お前らを襲った牛の化け物だ」

ニールは重々しい表情で頷く。

「最初に移動用の足を潰して、次に負傷兵をつくって足手まといをつくって、最後に頭《かしら》を持っていった。知性がある奴の行動だ。中身は人間じゃねぇのか」

リカルド元将軍は腕を組み、腑に落ちない顔をする。

「どうもキナ臭い」

ノアもそれを感じていた。知性の存在を。意図の存在を。

だからこそ幾分か冷静でいられた。

相手には知性がある。ただの獣ではない。そしておそらく、錬金術が絡んでいる。牛の化け物なんて普通ではない。普通ではないところには、錬金術が存在する可能性が高い。

冷静さを失えば、勝てない。

「捜索隊を出すと同時に、バルクレイに話を通すのと協力させるため伯爵邸に一団を送り込むことになった。そこに帝国警察をつけておいた」

「レジーナ様をですか」

思わず声が出る。

「ああ。あいつも腐っても公僕。名前だけでも警察だからな。向こうも自領から帰る時に侯爵が行方不明になったとあれば協力せざるを得んだろう」

「将軍は――」

「悪いが俺のことは当てにするな」

ニールの言葉を遮る。

「俺はもう将軍じゃねぇ。ただの士爵。フローゼン侯爵とは赤の他人だ」

「……はい。心得ております」

「ここでゆっくり待たせてもらうさ」


ノアは血と泥で汚れた布をまとめ、洗濯室に運ぶために部屋を出た。

歩きながら、考える。

真実はどうであれ、ひとまずこれを意図的な誘拐だと考える。犯人をバルクレイ関係者と想定して。

真犯人は別にいるかもしれないが、バルクレイで事を起こしている以上、バルクレイ内に協力者がいる可能性が高い。

(最初からヴィクトルを狙っていたのなら、すぐには殺さないはず)

彼には利用価値がある。

なにせ侯爵、しかも獣人の間では英雄だ。身代金目的でも、政治目的でも、莫大な利用価値がある。ありすぎて扱いにくいくらいの。

(ひとまず捕まえておくとして、わかりやすいところに隠すかしら?)

バルクレイ伯爵関係者が犯人だったとして、伯爵邸や街中に隠すだろうか。

視線が届くところに隠せば安心はできるだろうが、見つかったときの言い訳ができない。

それでも完全に目が届かないところに隠すのは不安だろう。

そうなれば、最低でも領内。そして人がいても不自然ではないところ。

洗濯物を洗濯室に放り込んで、ヴィクトルの書斎に向かう。探すものは地図だ。

昔、王国と帝国は戦争をしていた。

ならば昔の砦とか、捕虜を収容する監獄などがいまも残ってはいないだろうか。以前ヴィクトルに見せてもらった地図の中に、この周辺を詳しく描いたものがあったはずだ。

膨大な数の本棚と引き出し、資料箱があったが、目的のものはさほど時間をかけずに見つかった。取り出すところを見ていた甲斐があった。

周辺の地理が詳細に記された地図。森の中の砦らしきものも記されている。

(戦争でも起こす気?)

本人がいたら、冗談めかして聞いてみたのに。

「…………」

——ああ、ダメだ。

気を抜いたら膝から崩れ落ちてしまいそうだ。

(しっかりしろ)

気合を入れて、背筋を伸ばす。

「ノア様……」

細い声。

アニラがドアの隙間から、憔悴《しょうすい》しきった顔でノアを見つめていた。泣き腫らしたのか目元が赤い。

「だいじょうぶよ、アニラ。ヴィクトルはそう簡単には死なないわ」

地図を抱え、力強く笑って見せる。

「ちょっと出かけてくる。必ず帰ってくるから、心配しないで」


自分の部屋に行き、ドレスを脱いで、いつもの動きやすい恰好に。ブーツを履いて、男物のジャケットに袖を通して。

一階に下りると、同じように出発の準備を整えたニールと会うことができた。

「ニールさん、私は別行動を取る。もし何かがあったら……あったら、合図を出すから」

「くれぐれもお気をつけください」

「うん、そっちも」

周囲に人がいないのを確認して、ニールの顔を見上げる。

「ちょっと確認したいんだけど、ヴィクトルはどうしてバルクレイ領に行ったの？」

声を落として、問いかける。

「旦那様は、結婚の話を断りにいかれたのです」

「もしかして、サンドラ夫人との？」

「いえ！　現当主の妹君とのです！」

（そのためにわざわざ？）

領地を隣接している関係から、礼を尽くしたとも考えられるが。

（それだけかな）

それだけで、自分が招待したリカルド元将軍の到着を待たずに家を出るだろうか。遅れたとはいえ一日なのに。一日も、一秒も待っていられないような何かがあったのではないだろうか。

「向こうからか、ヴィクトルからか、錬金術について何か言ってなかった？」

「いえ、それは……俺には何も」

「ならいいの。ヴィクトルを釣り出せるエサなんて、それか、ベルナデッタ様のことくらいしか思い当たらなかっただけだから」

2　深き森のミノタウロス

外には夜が訪れようとしていた。

ちょうどいい。夜の闇は異能の姿を人目から隠してくれる。

今夜は月もない。雲もない。

顔に触れる空気の冷たさに顔をしかめる。今夜もまた冷えそうだった。

仕事を終えて一日の疲れを癒やすために酒場や食堂に繰り出す人々を、家に帰ろうとする人々を、避けるようにして東門に向かう。

街中はまだ落ち着いている。領主が行方不明になったのはまだ公表されていない。

ヴィクトルの不在が長引き、あるいは最悪の事態が起きた場合、それを人々が知るようになったらこの街はどうなるのだろう。

首を振る。そんなことはさせない。

賑わいに背を向けて東門を出る。

いつも使う西門と違っていて、開けた平野と立派な街道が門の先に広がっていた。

まずはバルクレイ領方面に向かう。ヴィクトルが通った道を辿る。

歩きでは、貧弱な身体では時間がかかりすぎる。

馬も、長時間操れる体力はない。

ノアは街道から外れ、辺りに人の気配がないのを確認した。捜索隊がほどなく来るはずなので、急いで大地から石の成分を取り出し、ゴーレムを作成する。

人ひとりが乗れる程度の、移動特化ゴーレム。馬のような足を持たせ、飛ぶように駆けられるようにする。

ゴーレムに乗り込み、出発しようとしたところで膝の上に黒猫のグロリアが乗ってきた。

「あなたって神出鬼没よね」

猫だから、それも仕方がないかと思う。

万が一誰かに見られても認識しにくくなるように隠形《おんぎょう》の術と、乗っていても寒くないように風よけの術をかけ、夜の闇に紛れさせてゴーレムを走らせた。


走る。

街道を壊さないように道の脇を。襲撃のあった地点まで。

ゴーレムの背に安定した座席をつくって座りながら、ノアはぼんやりと夜の空を眺めていた。

やはり今夜は月がない。

（寂しい景色）

夜道を照らしてくれる存在がいない。

最初にヴィクトルと出会ったとき、瀕死《ひんし》の彼を治したとき、本人ではなく部下の人々に「命の恩人」と言われたことを思い出す。いまなら気持ちがわかる気がした。

無数の星明かりを頼りに、駆ける。

馬の何倍くらいの速さでの到着になるのだろうか。

目的の場所はすぐにわかった。襲撃の痕跡がありありとわかるほど、ひどい有様だった。

石の敷かれた街道は割れ、壊れた馬車が街道脇に放置されている。確認してみたが、力ずくで潰された箇所がいくつもあった。

地面には血痕。

護衛兵は商隊により助けられ、近くの村に移送されたというが、潰されたという馬の姿はない。

きっと処分されている。

胸の奥がざわざわとする。

（ミノタウロスの足跡は……）

牛の化け物、という話だから。

馬車の馬は蹄鉄《ていてつ》がされている。人間の足跡はわかりやすい。それらの足跡を除外していく、という作業をしなくても、それがどれだかすぐにわかった。

人以外の、しかし人と同じぐらいの大きさの爪痕が地面に深く刻まれて、森のほうへと伸びていた。

「この足跡を追いかけて」

ゴーレムに命令して、森の奥へ進む。

＃＃

森に屋敷を建てて暮らしたときもあったが、夜の森というのはやはり気味が悪い。

（それにしても、このミノタウロス……）

足跡から推測するに、かなり巨大だ。ものすごく大きい牛、という可能性もあるが。

実際に見たニールは化け物とはっきり言っていた。

そんなものが存在するのだろうか。

錬金術は化け物もつくれる。複数の生命体を混ぜて、倫理も禁忌も飛び越して。そうして生まれた化け物をキメラと呼ぶ。この時代の人々は錬金獣と呼ぶようだが。

旧王都でキメラを生み出し続けていた王が死んだとき、生きていたキメラも、キメラの死骸もみんな消えてなくなった。

だからもう王が生み出していたキメラはこの世に存在しないはずだ。

ならばこれは何だろう。

別の錬金術師がいまもキメラを生み出しているのか。大昔に生まれたキメラが既存種と混じり命を繋いでいるのか。

考えるのは後。調べるのは余裕ができたら。いまは、とにかく進む。

地面の足跡を追わなくても、既に道ができていた。木の幹がへこみ、枝が折れた場所が奥へ続いていく。ミノタウロスの獣道。

進む内に、空気が一段と重くなってくる。

森の濃い匂いに、獣の臭いが混じってくる。

——近い。

影の奥の一層暗い闇に、光が灯る。小さな二つの光が。

ノアはゴーレムの進行を止めた。

のそりと、大樹が揺れる。

——違う。これは木ではない。

——山でもない。山のような大きな存在だが。

これは、牛だ。どこからどう見ても。ただ、サイズが通常の三倍くらいある。正《まさ》しく化け物だ。

ミノタウロスとノアが想像で呼んだ名前の化け物が、星明かりの下、ついに現れた。

二本の足で立ち上がり、遥かな高さからノアを見下ろしていた。

距離はまだあるはずだが、やけに近くに感じるのは相手の存在感ゆえか。

全身を覆う白い体毛がいっそ神々しく輝いていた。

（これが――）

馬車を襲い、ニールを、護衛を傷つけた――。

震える指先を握りしめる。あんなものと正面からぶつかれば、路傍の石のように蹴り飛ばされるだろう。

ゴーレムから下り、地面に立つ。

ミノタウロスの巨体が動いた。

四本の足で地面を蹴って、ノアに向けて走り出す。巨体に見合わぬ動きの速さだ。

音と振動が身体を揺らす。突進してくるミノタウロスを、ノアは逃げずに迎え撃った。

（重量級の相手には――）

迫りくる巨体を見据え、口元を引き結び。

ミノタウロスの身体が、がくりと揺れる。足がもつれたかのように膝から崩れ落ち、滑ったかのように巨躯が宙を浮き。

落ちる。

落ちて、消える。ノアの視界から。地面に空いた大きな穴の中に吸い込まれる。なすすべもなく。

木の根がぶちぶちと切れる音。

ばきばきと何かが壊れる音。

立ち込める土のにおい。

ノアの目の前の穴は、ミノタウロスの身長の倍ほどの深さの垂直の落とし穴。

ノアはゴーレムから下りた時に、自分の前の地面の下に穴を開け、表面だけ薄く置いておいて、上に乗ったら落ちるように罠を張っていた。

飛び越えられる可能性も考え、目の前にいつでも石壁を出す用意をしながら。

（穴は掘ったら、埋める）

側面に圧縮しておいた土を、崩す。

ミノタウロスは悲鳴のような鳴き声ごと、深い土の下に消えた。永遠に。

3　闇夜の再会

ガサガサッと上で枝を揺らす音がしたかと思うと、短い悲鳴と共に人が落ちてきた。

警戒しながら人影を見つめ、ノアは首を傾げる。

「ファントムさん？」

「や、やあ。こんばんは」

苦笑しながら顔を上げたのは、暗灰色のマントに身を包んだ若い男。

以前、旧王都からアリオスに戻る際に道で行き倒れていた男。

「こんばんは。どうしてここに？　また道に迷ったの」

「ああ、人生という道に迷いそうだよ。足が震えている」

ファントムの足は本当に震えている。怪我をしたかと思ったが、木から落ちた衝撃で腰を打っているくらいで怪我はない。

暗さのため表情はよく見えないが、声も陰鬱《いんうつ》そうだった。

この世に絶望したかのような大きなため息をつく。

「本当は僕もゆっくり観光したり、疲れを癒やしたりとかしたかったんだけど、これでも雇われ人でさ。成果を出さないと怒られるんだ」

立ち上がる。もう震えてはいない。

舞台に登った役者のように堂々としたものだった。

それを合図にしたかのように森の中に明かりが灯る。オレンジ色の小さな光が、いくつも。木の枝にロウソクを灯したかのような幻想的な光景だった。

これは、錬金術だろうか。魔術だろうか。

ノアは警戒を強める。

弱い光でも暗闇の中では明るすぎるほどの光。

そして、光が生まれれば闇は一層濃くなる。

ファントムは闇から浮かび上がったノアのゴーレムに手を伸ばす。

「そのゴーレム、すばらしいよ。もしかして、君が王国の錬金術師かな」

「私はただの旅人よ」

朗々とした声に、冷静に答える。

——錬金術師。ここでそう呼ばれるのは、いい気分ではない。

確かに王国の国家錬金術師だった。だがそれも昔の話。王国が滅びたいま、王国の錬金術師と名乗って何の意味があるのだろうか。

しかし錬金術師とだけならともかく王国と断じてくるのが不可解だった。

「王国はとっくに滅びたじゃない。誰も生き残ってはいないでしょう」

「そうかな？　まあどちらにせよ、フローゼンが錬金術師を飼っている噂は本当だったみたいだ」

「……どういうこと？」

肯定も否定も沈黙もしない。

ファントムはただ静かに笑っている。こんな曖昧な問いで何かを引き出せるはずもない。

「ファントムさん、あなたは何者なの」

「しがない錬金術師さ」

「……帝国にも錬金術師がいたのね」

自分が錬金術師ということはもう否定しない。同業者相手に隠しても仕方がない。

しかしこの時代にも錬金術師がいて、こんなにも早く対面できるとは思っていなかった。

以前ヴィクトルが皇帝は錬金術師を探していると言っていたから、可能性はあると思っていたけれど、実際に見ると感慨深い。

もしかして錬金術が禁忌扱いされているのは旧王国領のこのあたりだけで、帝都辺りは一般的に普及しているのだろうか。

いや、それならそれでヴィクトルがそう教えてくれるはず。

錬金術師はこの時代でも、権力者の持ち物、秘蔵の宝と考えておいたほうがいい。

現代を生きる錬金術師に出会えたからといって、感動できる状況ではなさそうだ。

「いちおうね。君たち神秘の存在と比べると、凡人すぎて恥ずかしいけれど」

「王国の錬金術師を知っているの？」

ファントムは笑うだけ。

その笑顔の下に何を隠しているのか、ノアには見えない。

複数形で言ってくるからには、ノアの他にも王国錬金術師を知っているということだ。

（神代のマグナファリスなら、まだ生きていたっておかしくないかも。帝国にいる……とも、考えられなくはないけど）

王国の建国時から生きていると噂《うわさ》されていた錬金術師だ。いまだに生きていて、いまは帝国権力の中枢にいたとしても、驚きはしない。

「ノア、僕とおいでよ。そうすれば君の知りたいことはきっとすべてわかる」

「帝国の犬になれってこと？」

「犬だって慣れれば悪くないよ。わん」

「…………」

「そんな怖い顔をしないで。君だってフローゼンの犬じゃないか。飼い主がより強い存在に変わるだけ。あ、そんなに怒らないで」

「……怒らせようとしているようにしか思えないわ」

　ファントムは喉の奥で笑う。

「僕は純粋に心配してるんだ。正直フローゼンは立場が悪いからオススメしないなぁ」

「侯爵様にはお世話になっているの。私はただ研究がしたいだけで上を目指すつもりもないけれど、そうね、よほど待遇がいいのなら考えなくはないわ」

「だったら――」

「けどその前に恩は返さなきゃ」

　ファントムを見据える。

　彼の緑色の目には光が入って、幻想的な雰囲気を醸し出していた。

「フローゼン侯爵を解放して」

「残念ながら、その件に関しては僕は権限がないんだよね。管轄違いだし」

　困ったように首を捻る。

　目が煌《きら》めき、口元に笑みが刻まれる。

「でも、君が来てくれるのなら。彼を捕らえておく理由はなくなるかな」

「話にならない」

　捕らえておく理由がなくなれば、今度は始末するということになる。

「仕方ないじゃないか。彼は負けたんだ。敗者は勝者に喰いつくされる決まりだ」

「あなたたちの目的は錬金術師なんでしょう？」

「それはそうなんだけど、邪魔者はついでに処分しておきたいのが上のお考えでさぁ……ああ、これはもう交渉の余地はないのかなぁ」

ファントムは困ったように天を仰いだ。

「君は侯爵を助けたい。僕にはその権限がない。話にならない」

肩をすくめる。

「そうね。要求を変えるわ。フローゼン侯爵の居場所はどこ」

「彼はすごいよね。化け物だ。ひとりでキメラを殺してしまった」

——キメラ。錬金術でつくられた怪物。ノアがミノタウロスと呼んだ牛のことだろう。

(ひとりで倒したの……)

罠も使わずにどうやって倒したのか。やはりヴィクトルは規格外だ。

「残念ながら、キメラは一匹じゃなかったんだけどね」

「……もう一度聞くわ。侯爵はどこ」

一部の光が消え、ファントムの姿も消える。

「僕とおいでよ。そうしたら侯爵の居場所を教えてあげるよ」

声が響く。何重にも反響して声の位置はわからない。

「お断りします。でも、情報はもらうわ」

「ははっ！　正直で、強欲だ！」

4　ファントム

静かだ。

揺らめく光と闇。ファントムの気配は消えている。だが近くにいるのだろう。暗闇からノアを窺《うかが》っている。

これは罠だ。周到に張られた罠。

この場所、この光。ファントムにとって優位な条件が整えられていると考えて間違いない。

正面突破か。

特性を分析し、利用するか。

いっそ無視して逃げるか。

「………」

相手の術中にいるのは愉快ではないが、せっかくの手がかりだ。逃がす手はない。

(冷静に)

取り乱したら負ける。

——森を燃やそうか。

場所の問題と光と小細工をまとめて解決できる。しかし延焼したら大事だ。森一帯が火事になればアリオスへの影響も出かねない。

幸いなことは、向こうもこちらを警戒していることだ。唯一の違いは向こうには時間があって、ノアには悠長にしている時間などないこと。

歩く。

三歩、歩いて止まる。また歩く。

意味はない行動。なんとなく立ち止まっていたくないだけの。

ゴーレムを解除する。

ガラガラと音を立てて石が崩れる。

音の間隙を縫うように、ファントムが動いた。

糸。導力の糸が、闇と光の間を潜り抜け、金色の軌跡を描いて伸びてくる。木の上、三方向からわずかにタイミングをずらして。

(導力の扱いに慣れてる)

神経を研ぎ澄ませ、集中して見る。

触れるギリギリのところまで見て、避けようとして——気が変わった。

導力を手にまとわせ、糸をつかむ。

一本目をつかんだまま、二本目も。身体を反転させ、逆の手で最後の一本を。

糸に自分の導力を流し込む。糸を辿り、遡《さかのぼ》り、本体へと力を流し込む。

二本は途中で切られた。最後の一本も、寸前のところで離される。

(逃がさない)

導力をさらに伸ばし、ファントムに触れる。同時に用意していた特製の縄を投げ、導力の道を辿らせて、腕に巻きつかせる。

引っ張り合いの力比べは分が悪い。ノアは縄を体に巻きつけ、背筋を強化し、ほんの一瞬だけ思いっきり引っ張った。

不安定な木の上と、安定感抜群の地面の上。力のかかり具合が違う。

ファントムのバランスを崩して、木の上から引きずり落とす。

ガサガサッと枝が揺れたかと思うと、短い悲鳴と共に人が落ちてきた。


「抵抗しないで。戦いは苦手なの」

「冗談」

「人間相手は特に」

「ちょ、待って、怖。苦手って力加減がわからないとかそういうこと!?」

形勢は有利だと思われるが油断はできない。

錬金術師同士で戦ったことはほとんどないが、気をつけるべきことは知っている。

視界を奪われないこと。

導力を使う錬金術は、見て、狙いを澄まして、ターゲットをつかまなければ、構造を見て分解することも、合成も行えない。

ノアはファントムの導力を辿って、手の先からファントムの体内に侵入する。

全身に張り巡らされている回路、神経を把握し、制圧。視覚を遮断。

「目が……っ」

ファントムの視界が真の闇に閉ざされたはずだ。

「安心して。一時的なことよ。すぐに戻せる」

「……ハ、ハハッ……それはどうも」

乾いた笑い声を零し、ぐったりとうなだれる。もう抵抗の意思はなさそうに見えるが、油断はしない。

「肺の病気は早めに治したほうがいいわ。息、苦しいでしょ」

「そこまで気づくのか……残念ながらこの病気を治せる医者も錬金術師も存在しないんだ。トルネリアの呪いは――」

「そう」

ノアはファントムの肺にある呪素を取り除いた。肺にまとわりついているのを剥がし、まとめて、気管を通して口から出す。

ファントムが吐き出した黒いブヨブヨとした塊《かたまり》は、そのまま地面に溶けていく。

「楽になった？」

「あーもー！　王国の錬金術師ってやつはさぁ！」

自暴自棄になったように叫ぶ。元気そうだ。

ファントムは諦めたように地面に仰向けに寝転んだ。

病気の正体をもう少し詳しく調べたいところだったが、いまはそんな時間はない。

「治療代は払ってもらうわよ。フローゼン侯爵の居場所はどこ？」

「……海沿いにある監獄は知っているかい？　あそこの特別牢は、海に面した洞窟でね。満潮になると、完全に水没するんだ」

「………………」

まったく予想していなかった話に、言葉を失う。

ヴィクトルは貴族、侯爵だ。捕らえられていたとしても、それなりの待遇は受けていると思っていた。思っていたかった。

「満潮は今日だったかな、明日だったかな。あまりに環境が悪くて、たいていの人間は満潮を迎える前に死ぬらしいけれど」

「中に入る方法は？」

「潮が満ちると洞窟側から入るのは難しい。だが、実は上にも出口はある。鉄格子が嵌《は》められているけれどね」

楽しそうに笑い出す。

「わかるかい？　受難者は、空を見ながら、すぐそこの空気を求めながら、海で溺れて死ぬんだよ！」

「悪趣味の極みね」

ファントムの拘束を完全に外す。身体の中に張り巡らせていた導力も。

ファントムは驚いたように何度も目を瞬かせた。

「あっ？　見える……」

「それじゃあ」

ファントムに背を向ける。

また今度、とは言わない。次会うときも多分敵同士だ。ならば会いたくない。

立場が違っていたら、錬金術談義に花を咲かせていたかもしれないけれど。

「待って。行かないほうがいい。これは心からの忠告だ。君はこのままどこかに消えて、静かに暮らしたほうが幸せになれる」

気遣われているのはわかった。

そうやって引きこもって過ごせれば、きっと平穏な時間を過ごせるだろう。平穏平凡な人生。上々ではないか。

「お大事に」

5　海沿いの監獄にて

森を走る。作り直したゴーレムに命じて、暗い森の中をひたすらに、海岸に向けて。

冷静に。理性は何度もそう忠告してくるが、逸《はや》る心を抑えられない。

（お願い。無事でいて）

不安で胸が押し潰されそうだ。

途中で何度かミノタウロスが出たが、迅速に埋めて事なきを得た。いったい何体つくってあるのか。

ファントムがつくったのだとしたら、帰る前に片づけていってほしいものだと思う。

「……はぁ」

ため息をつく。息がうまくできない。

いまのノアにできることは、ゴーレムに身を委ね、力を溜めて、待つことだけ。

黒猫はというとゴーレムの上ですっかり静かに眠っている。

その時、森の匂いの中に、海の匂いが混じった。

潮騒の音が遠くから聞こえてくる。

——近い。

森が途切れ、視界が開け、ノアはゴーレムを止める。海岸線の崖の上で。

（海……）

目の前に広がるのはどこまでも続く大海原。遥か彼方には水平線も見えた。

海を見るのは初めてではない。ないのだが見るたびに、圧倒されるような、懐かしいような感慨を覚える。

最近新調したばかりの望遠鏡を取り出し、周囲の様子を確認する。

どこまでも続く海岸線の途中に、人工的な建造物の影が浮かび上がった。

（あれが、バルトゥール監獄？）

建物の周囲では、人による光がわずかに見えた。

バルトゥール監獄。バルクレイ領の海岸沿いに位置した建物は、地図にはそう書かれている。近づいて見てみれば、とても古い建物だ。大規模な修繕工事もされていない。捕虜や罪人の収容所と思わしき建物はあるが、いまは使われている気配はない。

建物の周辺は鉄柵で囲まれていた。あちこちに篝火《かがりび》が焚かれ、見張りの兵士もいるが人数は少ない。

(これなら何とかなりそう)

見張りに見つからないように周辺を偵察しながら、判断する。慢心は禁物だが。

確認できる範囲ではキメラの姿もない。

これなら、短時間ならばひとりで制圧できるだろう。

(制圧しなくても、ヴィクトルさえ助け出せればいい)

ゴーレムをつくり直す。移動用から石の巨人の姿にして、森の影に待機させる。

(焦るな)

まずはヴィクトルの存在と位置の確認を。

もしかしたらここにはいないかもしれない。それは願望に近い思考だった。

鉄柵の一部に穴を開け、監獄の敷地内に入る。あとで怪しまれないように元どおりにして。

光に照らされないように気をつけながら、狭間の闇を縫うように移動する。

そうしている内に、敷地内の一部に鉄柵で大仰に囲われた場所を発見する。辺りにはたくさんの篝火が焚かれ、見張りが四人いた。穴から極力離れた状態で、何かを恐れるように。

いるとしたらあの場所のほかにない。

ノアは近くの鉄柵からいったん外へ出た。穴を開けたままにして。

物陰に隠れるようにしゃがみこみ、深く息を吸い、吐く。

（作戦開始）

火を起こす。

偵察時に、燃えやすいものが置いてある場所に油を撒《ま》いた。

少し離れた場所からそれらの熱を上昇させ、発火させる。オレンジ色の炎が、木箱や資材を燃やし始めた。

はぜる音、熱、焼け焦げたにおいが強く漂ってくる。潮風に煽られて、火は予想以上に大きく育っていく。

見張りの兵士たちが慌ただしくなり、消火のために動き始める。兵士たちの動きを確認しながら移動する。

鉄柵で囲われた場所にいた見張りも、様子を見に二人離れた。残るは二人。

「ゴーレムくん！」

森に潜めていたゴーレムを呼ぶ。

見張り二人もノアの声に気づき、確認しようとやってくる。

そのとき、大地が震動した。

呼び寄せたゴーレムは、障害物を薙ぎ倒しながら全力疾走でノアの隣を突っ切り、見張りを跳ね飛ばし、篝火を吹き飛ばし、鉄柵を捻じ曲げる。

その後ノアはゴーレムを消火活動が行われている場に向かわせる。

燃え上がる炎。暴れまわるゴーレム。絶望の悲鳴。

それらすべてに背を向けて、捻《ね》じ曲がった鉄柵を乗り越える。柵の内側の岩場はくり抜かれたように穴が掘られ、その一番深いところには鉄格子が嵌められていた。穴の周囲は打ちあがった海水で濡れていた。

鉄格子の下は黒く深い水が波打ち。

水の中に、人影が見えた。かろうじて呼吸をしている姿で。

「ヴィクトル！」

信じられない気持ちで名前を呼ぶ。

まさか本当にこんなことが。

「しっかりして！　いま助けるから！」

鉄格子を摑み、分解する。

まだ新しくしたばかりのようだが、海水で腐食したそれはかんたんに砕け散る。残骸は水の中に落ちて消えていく。

ヴィクトルが溺れないように、穴の中の岩を伸ばして足場を作る。引き上げようとして、両手両足に鎖がついていることに気づいた。断ち切る。

鎖はある程度の長さがあった。逃げられないように。そしてぎりぎりまでは溺れないように。

(本当に悪趣味！)

怒りを噛みしめながら、手を伸ばす。

足場を補強して落ちないように気をつけて。

水の中から手が伸びる。ノアはそれをしっかりと握りしめた。絶対に離さない。そう強く決意して。

全身の力を使い引っ張って、同時に足場を階段にして穴と繫げて登りやすくして、ヴィクトルの身体を海の中から引き上げる。

ヴィクトルは咳き込み、海水を吐き出した。

冷え切った、氷のような身体を抱きしめる。

胸に顔を当てる。息はある。脈も。

ひどく衰弱している。でも生きている。

服はボロボロで身体は傷だらけ。おそらく鞭《むち》で打たれた痕だ。殺すためではなく、苦しめるためにつけられた傷。

「ノア……」

細い声。いつもと違う、いまにも消え入りそうな。

一刻も早く治療をしなければ。

まずは濡れた服を乾かして、身体を温めて、怪我の治療を——。

ひとまず、服の水分を分解して濡れた身体を乾かす。あとは落ち着いた場所に行ってからだ。

ヴィクトルに肩を貸して、監獄の敷地内から出る。森へ身を隠すと同時にゴーレムも崩した。火もほどなく鎮火するだろう。

怪我人はいるようだが、重傷者や死亡者はいない。

追手が来る前に隠れようとした時、外から馬車がやってくるのが見えた。

見覚えのある、豪華な馬車だった。

「なぁにこれは？　火事？　早くなんとかしなさいな」

降り立った貴婦人はよく通る声で言い、軽い足取りでヴィクトルが捕らえられていた穴のほうへ歩いていく。いそいそと楽しげに。

「ふふ、侯爵様もそろそろ反省してくれたかしら。まったくあの方も王国の錬金術師なんて、そんないるはずもないようなものを調べてどうするのかしら。ああ、おかわいそうな侯爵様」

跳ねるような足取りは、特別牢周辺の凄惨な状況を見てぴたりと止まった。

「いやぁぁ！　あたくしのヴィクトルー！」

サンドラ・バルクレイ先代伯爵夫人は、ふらりと、まるで糸が切れたかのように優雅に倒れた。

6　ふたりきりの夜

森の中、岩場にあった洞窟に、横穴をつくって潜り込む。

入った後は通気口をつくって入口を塞ぐ。中の光が漏れないようにだけ気をつけて。出来が自然かどうかは内側からではよくわからないが、夜の間ぐらいは誤魔化せるだろう。

人工的につくった洞窟内の部屋。明かりを灯し、地面の一部を柔らかくし、湿気を飛ばし、シーツを敷いて、ヴィクトルを座らせる。かなり意識が朦朧《もうろう》としているのか、信頼してくれているのか、ノアの為すがままだ。

二日ほどはあの状態だっただろうから、意識がはっきりしていなくても仕方がない。熱も出ている。衰弱はしていたが、幸いにも命を脅かす怪我はない。膿んだり悪化しないように治療だけを施す。

真水を生成してカップに入れて、少量の薬と共に飲ませ、横に寝かせる。もう一枚、亜空間ポーチからシーツを取り出して冷えないように身体を包む。

ヴィクトルの身体は冷え切っている。あたたかい食事をさせられればいいのだが、いまはきっと受けつけないだろう。

「…………」

少しの逡巡《しゅんじゅん》の後、ノアはジャケットを脱いだ。ベストのボタンを外し、シャツの前のボタンをいくつか外す。シーツの中に潜り込み、冷たい身体を抱きしめる。

「ノア……」

「何も言わないで」

黙らせて、更に密着する。恥ずかしい。恥ずかしいが。

「私も力が切れてきたし、これが一番効率がいいの」

「…………」

無言で抱き寄せられる。

そんなに寒いのだろうか。

そして不思議だった。ぬくもりはお互いの体温だけのはずなのに、どうしてこんなにも温かくなってくるのだろう。

「ニールたちはどうしている」

「ニールさんは商隊の助けを借りて先に帰ってきたわ。怪我をしていたけれど治した。他の護衛の人たちも保護されているみたいよ。いまは捜索隊が組まれて、バルクレイ伯爵邸にも向かっている」

「そうか……すまないことをした」

「あと、リカルド・ベリリウス士爵がいらっしゃったわ」

「来てくださったか。失礼なことをしてしまったな」

「まだいらっしゃるから直接謝って」

困ったように笑う。一度しっかりと怒られればいいと思う。

そして、少しだけ安心した。

声の調子や雰囲気が戻ってきた気がする。体温が戻ってきて、落ち着いてきたのかもしれない。

「ヴィクトル。私、帝都に行ってくる」

「何を……」

「あなたをこんな目に遭わせた人と会ってくる」

「駄目だ！」

強い声に驚く。

ここまで感情を露《あら》わにする姿は初めて見た。

だが、ノアも引けない。

「だって私のせいだもの。私がケリをつけてくる」

「あなたのせいではない」

「途中で会った錬金術師に誘われたの。彼についていけば、知りたいことはすべてわかるって。相手の正体を突き止めて――」

「絶対に駄目だ」

ますます頑《かたく》なになる。

「誰の差し金かはわかっている。行く必要はない」

「でもこのままじゃ――」

「こんなことは大したことではない」

言い返そうとして、言葉が出なくなる。

強く抱きしめられて。

「ノア。私にはあなたが必要なんだ」

何も言えなくなる。

「ヴィクトル……」

困る。

本音を言えば、ノアだって行きたくはない。薬をつくったり、美味しいご飯を食べて過ごしたい。

それでも行かなければならない。

ファントムが言っていた王国の錬金術師のことが気になって仕方がなかった。

「なら、婚約者にして」

抱きしめる力が一瞬緩む。

ノアは顔を上げ、ヴィクトルの青い瞳をまっすぐに見た。

「婚約者として、あなたと一緒に帝都へ行く。前からそういう話をしてたでしょう?」

「……本当にいいのか」

「うん。それなら、ずっと隣にいられるわ」

帝都に行っても他の場所に行っても、隣に立てる理由になる。

思わず笑みが零《こぼ》れるくらいいいアイデアだ。

ヴィクトルの表情が微かに和らぐ。

昂ぶっていた感情が落ち着いてきたのか、安心したのか、ゆっくりと瞼《まぶた》を下ろした。

「私は幸せ者だな」

噛み締めるように呟いた。

「こんなにも気高く、美しい妻を得られるとは」

「仮の婚約者よ、婚約者の役!」

本気で言っているのだろうか。それともそういう設定なのか。

どちらにせよ、冷静な状態とはとても思えない。

そしてどちらにせよ、完全な嘘とも思えない。

ヴィクトル・フローゼンは帝国の侯爵であり、領主であり、滅びた王国の子孫であり、当主であり。

そんな立場なのに彼は優しすぎる。そして自分自身のことは大切にしない。そして、孤独だ。

彼と同じ場所から物事を見ることができる人はいない。

それでも。

同じ場所に立つことができなくても。

同じものを見ることができなくても。

近くで支えることぐらいはできるだろうか。

ヴィクトルの行く道の果てがどこになるかはわからない。けれど、そこに辿り着くまではそばで守ろうと思った。

##

朝日を受けた海が、きらきらと黄金色に光っている。

潮騒の音色を聞きながら、海を見つめる。きれいだと思った。

見惚れてばかりもいられないので、自分の仕事を進める。木の枝や、手持ちの火薬、昨夜の火事の燃え残りを集めて、火を着ける。狼煙《のろし》だ。

「さて、届くかな」

空に昇っていく白い煙を眺める。

ヴィクトルに聞いたところ、バルクレイ家からバルトゥール監獄まで馬で半日ほどかかるらしい。合図にすぐに気づいてもらったとしても半日近くはかかる。すでにここを特定して向こうが動いていたらもっと早いだろうが。

もしこの合図に気づいてもらえなくても、夫人がいなくなっていることはとっくに明らかになっているはずだから、遠からずここに誰かが来るはずだ。もし来なかったら、こちらから知らせに行けばいい。

監獄は既に制圧してある。

十二人いた私兵と二人のメイドを安眠効果のある香で眠らせた。夜通し火事の処理やヴィクトルの捜索で疲れ切っていた彼らに香は非常によく効いた。そうして平和的に拘束し、改造された豪華な寝室で眠っていたサンドラ夫人を確保した。

「海が好きなのか」

再び海を眺めていると、背後から声を掛けられる。

「そうね。好きよ」

夜の海はすべてを呑み込む黒い海だが、晴れた朝の海は生命の躍動を感じる。

ふと気づけば、黒猫もノアと同じように海を見ていた。いつの間に。

海はいくら見ていても飽きないが、とはいえいつまでも海ばかり見てもいられない。

振り返り、ヴィクトルと視線を合わさる。

監獄内の兵士から借りた服と長剣が、似合っているようで似合っていない。彼には少しちぐはぐだ。

そしてどこか浮かない顔だった。

「すまない」

「どうしたの？」

突然の謝罪に首を傾げる。

「あなたから預かったものを失くしてしまった」

「あ、イヤリング？　いいわよ、もう使っていないものだったし」

出かける際にお守りとして渡した宝石。昔は好んで使っていて、そのためいつまでも手放せないものだったが。

「そんなものよりあなたが無事でよかった。だから気にしないで」

思い出より、生きている人間の命のほうが大切だ。

ヴィクトルの後ろに回り、背中を押す。

「そろそろ行きましょう。早く終わらせて帰りたいもの」

7　再び、監獄にて

バルトゥール監獄の、海に面した特別牢。

そこは人の手が加えられた、岩場の洞窟だった。昨夜の余波で洞窟は天井まで濡れていて、水滴が滴り落ちてくる。

潮の匂いが濃い。

そして、朝だというのに薄暗い。

上の穴から差し込んでくる光が洞窟内を柔らかに照らし、打ち寄せてくる波の音が反響する。

上の鉄格子は破壊したままだが、ヴィクトルを助ける際に組んだ足場は解体して元通りにしてある。切断した鎖も、手枷も。

岩壁に固く打ち付けられたそれは、いまはひとりの貴婦人を囚えていた。

サンドラ・バルクレイ先代伯爵夫人。

眠る彼女が生来持っている艶やかさは、憔悴《しょうすい》しているのか陰りを帯びている。

胸元の青い宝石のブローチが、光を受けて輝いていた。

両手を手枷で拘束され、吊り下げられた格好はよほど不快だったのか、サンドラ夫人はほどなく目を覚ます。

「気分はいかがかな」

ヴィクトルが少し離れた場所から問いかけると、夫人は歓喜の表情を浮かべた。

「ヴィクトル！　ああ、あたくしのヴィクトル！　戻ってきてくれたのね」

楽観的だ。あんな仕打ちをしていたのに。

「紹介させていただこう。私の婚約者だ」

積極的に火に油を注ぎにいく。

夫人の好意を知っての挑発なのだろうが、憎悪を一直線に向けられるほうは居心地が悪いにもほどがある。目を合わせれば石にされそうだ。

(巻き込まないで……)

切実に思う。こういう修羅場は得意ではない。立会人のままでいたい。

「そんな小汚い小娘が……」

言われたとおり、確かに小汚い。

森の中、洞窟の中、海岸。夜通し行動し続けたため、土と汗と潮風で服も髪も肌も薄汚れている。錬金術できれいにすることはできるが、一部ならともかくすべてを身ぎれいにするのはそれなりに時間がかかるため、後回しになっていた。

この状況下でもドレスも髪も化粧も完璧で、王城の貴婦人のように美しいサンドラ夫人とは比べるべくもない。

「彼女は誰よりも美しい。侮辱《ぶじょく》はやめていただこうか」

「騙されている……騙されているわ……」

サンドラ夫人は病的にぶつぶつと呟き続ける。言い続ければそれが事実に変わると信じているかのように。

その姿を哀れにさえ思った。ヴィクトルへの仕打ちを考えれば許すことはできないが。

彼女はおそらく昔から美しかった。いまも美しい貴婦人だと思う。だが彼女は妄執に囚われているように見える。美しさへの妄執に。

きっと、ヴィクトルでなくても良かった。

美しい自分に見合う、美しい男が身近にいた。だから固執した。

夫人が愛していたのは自分だけ。

「さて、そろそろ教えていただきたい。あなたは誰の指示で動いたのか」

「何のお話かしら？　あたくしは、誰の指示も受けていない。あたくしを動かすのは、あなたへの愛だけよ」

サンドラ夫人は優雅に微笑む。いま自分が置かれている状況が見えていないかのように。

強い風が吹く。

潮騒が響き、波がサンドラ夫人の足元を濡らす。

「満潮は今日だったか」

夫人の身体がびくりと震える。

強張った表情からはもう優雅さは消えていた。

「海の水は存外あたたかいかもしれんぞ」

ヴィクトルは面白がるように言う。もしかしたら、逆の立場だったときに言われていたことなのかもしれない。

「行こうか」

ノアに言い、入り江の階段から外に出ようとする。

「待って！」

呼び止められても振り向きもせず。

「なんでも話すから、これを外して！　置いていかないで頂戴《ちょうだい》……！」

必死に訴える声にも足を止めない。

ヴィクトルはサンドラ夫人の後ろにいるのが誰かは見当がついていると言っていた。それでもあえて尋問するのは、言質《げんち》が欲しいからか、意趣返しか、反省を促すためか。

（やられっぱなしが性に合わないから、とか）

気持ちはわからなくともないけれど。

（まあ、これで反省してくれれば、もう同じようなことはしないだろうし）

どの道、潮が満ちるまでは時間があるし、それまでに狼煙を見た誰かが来るかもしれない。

ノアもしばらくは外に出ようと、ヴィクトルについていこうとしたその時――

「ボーンファイドよ！」

ヴィクトルの足が止まる。

――ボーンファイド。

ノアの知らない名前。

だが、ヴィクトルには馴染みのある名前だったらしい。口元に呆れたような笑みが浮かんでいた。

「ああ、困るなぁ」

上から声が降ってきた。聞き覚えのある男性の声が。

「鞭のひとつもない内から裏切らないでくださいよ。期待はしていなかったけど悲しいな」

「ファントムさん？」

暗灰色のマントに身を包んだファントムが、穴の上からこちらを覗いていた。

「あたくしを助けなさい！　早く！」

ファントムに向けて苛立ちをぶつける。

「裏切ろうとした人を助ける義理ってあるかな？　ないよね」

困ったように笑い、ノアに目を向ける。

右手の人差指で口を押さえ、左手に持ったナイフを手から滑らせる。

銀色のナイフは吸い込まれるように、サンドラ夫人の肩に刺さった。

「ぎゃあ！」

苦痛の悲鳴。だが即死の傷ではない。

駆け寄ろうとしたノアを、後ろからヴィクトルが引き止める。

「ノア、君はお人好しが過ぎる。まあ僕もそんなところに助けられたんだけど」

ファントムが呟く。

（そんなに立派なものじゃない）

治せる怪我が、病気が、目の前にあるから治したくなるだけ。これは業だ。

しかし、ノアの衝動よりもサンドラ夫人の変化のほうがよほど早かった。

豊かな髪がごっそりと抜け落ち、肌から血色が消え、骨が変形する。身体が膨張し、ドレスが裂け始める。

「うあ……あ、あ……」

苦しげな呻き声が、どんどん獣じみた野太いものに変わっていく。

(何が――)

いったい目の前で何が起こっているのか。

ヴィクトルが剣を抜く。監獄内から回収した長剣で、サンドラ夫人の命を絶とうと。

しかし上から降ってきた金色の糸が、剣を弾き飛ばした。

「お客様、席を動くのはマナー違反だ」

金色の糸がサンドラ夫人を囲むように、守るように降り注ぐ。

「さあ、これより上演いたしますのは、ひとりの淑女の物語。社交界の華だった彼女は伯爵夫人となり二人の子どもに恵まれ幸せに暮らしながらも、叶わぬ恋に身を焦がしてしまう」

朗々とした声が口上を唄う。

「悪魔に魅入られた彼女は、同じく悪魔に身を落としてしまうのか……」

悪夢のような光景だった。

牢獄という舞台の中で、囚われた女性の身体が異形《いぎょう》のものへと変わっていく。

「さあ……変われ！　摂理を超えたものに！」

ファントムは高々と唄い、革袋を落とした。袋は落下途中で割れて、赤黒い液体を振り撒いて落ちる。

潮の匂いの中でも顔を顰《しか》めるような、生臭く、腐った匂い。

液体を受けたサンドラ夫人の身体が変わる。

髪が、無数の蛇に。

顔はロウのように白く。

ドレスに覆われた下半身は牛のように。

――メドゥーサ。

ノアの知る数多の怪物の中から、その名前が浮かんだ。

8　超越者

人が化け物に変わる姿を見たことがあるか。

――なかった。けれど、化け物に変わってしまった後の姿を見たことはある。

そしていま、目の当たりにしている。人が化け物に変わっていく姿を。

常識を超えて。

摂理を超えて。

甲高い咆哮《ほうこう》が洞窟内に響く。

身体は約三倍に膨らみ、サンドラ夫人を繋いでいた手枷《てかせ》が軋《きし》み、弾けた。

両手が自由になったサンドラ夫人は地面に這いつくばり、顔を上げる。無数の蛇が揺れて、ノアに向けて牙を剝く。

殺気。必ず殺すと目が言っていた。

ヴィクトルが、ファントムに弾かれた剣を拾ってサンドラ夫人に走り寄る。夫人を囲んでいた金色の糸を斬り、鋼の剣閃はその首を刎《は》ねるため理想的な軌跡を描く。だが。

金属同士がぶつかり合う音がして、剣が弾き返される。今度はファントムの金糸の妨害ではない。

首が、落ちない。

皮膚が――いや、身体全体が鋼鉄のような硬さを持っているのが見えた。

サンドラ夫人はヴィクトルを見て、にこりと笑う。慈愛に満ちた聖母の笑み。

そして蛇の髪を振り乱すと、ノアに向けて突進してくる。牛の下半身で力強く地面を蹴って。

ノアはとっさに監獄と洞窟を繋ぐ階段を上った。三分の一ほど上がったところで、衝撃音と共に地面と壁が大きく揺れて足を滑らせかける。

踏ん張って振り返ると、階段のスペースにいっぱいにサンドラ夫人が無理やり挟まっていた。

身体の大きさが邪魔をして階段を上れていない。

その大きな目はノアを見据え。

大きな手はノアを捕らえようともがき。

蛇は噛みつこうと顎を開く。

純粋な敵意。純粋な悪意。消し去るという意思。

（これは、メドゥーサ。神話の時代の怪物が、ここに現出した）

人と思うと手先が鈍る。

自分にそう言い聞かせ、決意を固める。

目を合わせてはいけない。意識を持っていかれる。

ノアは壁に手を突いたまま、周囲の石を変形させた。メドゥーサを取り囲むように天井から、壁から、床から、石の槍を伸ばして、串刺しにしようとする。

しかしそれらはメドゥーサの身体を貫くことは叶わず、弾き返される。鋼鉄でできているかのような頑強さ。

更に石の槍を伸ばし、石檻をつくってメドゥーサの身体を取り囲む。

ノアを捕まえようと伸びてくる腕から逃げ、階段を駆け上がる。監獄の施設内に出て、そのまま外へ向かう。

（武器を——何なら効く？）

監獄内に弩弓《どきゅう》や攻城兵器でもあればよかったのだが、ここにあるのは拷問道具ぐらいだ。

（——いや、ある）


外に飛び出す。太陽の光が眩しい。

特別牢と繋がる穴のほうへ視線を向けると、石が崩れる音と共に内側から這い出てくる手が見えた。

（狙いは、私）

きっと他には目もくれない。

（力が強い、頑丈、意外と身体が軽い）

情報を整理していく。軽々と這い上がってくるのなら落とし穴戦法は難しいかもしれない。海に落とすのも無理筋。

森に放つと他の人々に被害が出るかもしれない。

ここで止めるしかない。

（落とすにしても、動けなくしてから）

メドゥーサを待っている間に、ヴィクトルが海岸の崖のほうから上がってくる。階段を塞いでいたので、入り江のほうから出て崖を登ってきたらしい。

「ヴィクトル」

顔を見る。

「力を貸して」

「こちらが頼もうと思っていたところだ。槍を」

頷き、近くのひしゃげた鉄柵から槍をつくる。一本では足りない。

十本、二十本。地面に刺さった状態で変化させる。穂先はやや鈍くして代わりに硬度を上げ、返しをつけ、柄元にも返しを。

そして穂先に呪素を纏《まと》わせる。

呪素は大地に普遍的に存在する、魂を侵食する元素。死をもたらす元素。ノアはそれを見ることができ、操ることができ、武器に付与することもできる。

バキバキと骨が折れるような音を立てて、メドゥーサの巨体が穴から這い上がってくる。身体の骨を自分で折って、穴を通れるように身体を柔らかくしたのだろう。

ヴィクトルは槍を引き抜き、這い上がったばかりのメドゥーサへ投擲《とうてき》した。

全身を使った鮮やかな動きから放たれた槍は、轟音を上げ一直線にメドゥーサの腕に突き刺さる。

硬い皮膚を貫き、串刺しとした。

「さすが」

返しを作ってあるので簡単には抜けないはずだ。予想どおり、メドゥーサは槍を腕に刺したまま頭を持ち上げる。

傷の痛みか、呪素に魂を喰われる痛みか、その表情は苦痛と恨みに満ちている。

しかし、倒すには至らない。一瞬流れた血は止まり、肉が盛り上がって傷を塞ぐ。槍を排出せず、刺したまま。

(再生能力が高い。でも)

想定内。

二本目の槍が足に。三本目が首に。

再生すれば再生するほど、中に入り込んだ槍が骨の動きや関節を固定し、動けなくなる寸法だ。

背中に、肩に。

手に。腕に。目に。

的確に、吸い込まれるように。

「…………」

恐ろしいと思った。

メドゥーサがではない。

正確さと速度と威力、すべてが揃っていなければ、槍は突き刺さらずに弾き返されていただろう。

一度の失敗もなく、ほんのわずかな躊躇《ためら》いさえなく事を成すヴィクトルが、恐ろしくて心強い。


十三本目の槍を手にし、ヴィクトルは動きを止めた。

メドゥーサはもう動けない。全身を槍に貫かれ、固定され、動かすことができない。それでも。それでも、生きている。

残った右目からは涙のような液体が流れ、全身を痙攣《けいれん》させて、それでも。

終幕を許さない存在がメドゥーサの中にある。

「あのナイフ……」

あれが変化のきっかけだった。

ナイフに刺されたサンドラ夫人の身体が変化し、赤黒い液体をかけられた後、まったく別の存在へ
──異形への変化が始まった。

目を凝らす。身体は膨張しても、ナイフは刺さったままの場所に残っていた。

あのナイフさえ取り除けば、何かが変わるのではないか。

ヴィクトルが槍を手にしたまま、メドゥーサの元へ歩き始めた。堂々とした足取りで迷いなく進むヴィクトルを、ノアは止めることができなかった。

「サンドラ・バルクレイ先代伯爵夫人」

メドゥーサの身体がぴくぴくと震える。

「御身《おんみ》に触れることをお許しください」

メドゥーサは――サンドラ夫人は、にこりと笑った。慈愛に満ちた聖母のような微笑みで、ヴィクトルを受け入れる。

ヴィクトルは一礼し、槍を地面に突き刺し、サンドラ夫人の肩に刺さっていたナイフを引き抜く。

身体の再生が停止し、体内の呪素が躍動し、全身の傷跡から血が流れ始める。

ヴィクトルは腰の剣を抜き、一振りする。

サンドラ夫人の首が落ちる。大量の血を噴出させ。

転がり落ちた夫人の顔は、愛の喜びに満ちていた。

異形の身体が、崩れていく。

乾いた砂の塊となったかのように、崩れ、砕け、海風に散る。

あとに残ったのは槍の残骸と。

ヴィクトルの手の中のナイフだけだった。

##

乾いた拍手が上から響く。監獄の建物の屋上に、ファントムが座っていた。

「本当に悪魔だな。侯爵様の身体も何か混ざってるんじゃないの」

「かもしれんな」

「おお、侯爵様に認識してもらえているとは身に余る光栄だ」

立ち上がり、暗灰色のマントを広げて一礼する。カーテンコールを迎えた役者のように。

「ファントムさん、どうしてこんなことを」

「裏切りには報いがある。それだけのことだよ」

柔らかい声はとても冷淡だった。

「君たちだって彼女の行いを許せなかったから、あんな場所に捕らえたんだろう？」

立てた人差し指を口元に当てる。

「今回のことは雇い主には黙っていてあげる。治療代の代わりさ。もう少しだけ自由を楽しむといい」

「足りないわ。夫人に何をしたのか教えなさい」

「そこまで知りたがるのは強欲じゃないかな。まあいいや、今回だけは特別」

指先が、ヴィクトルの持つナイフを示す。

「それは賢者の石の失敗作」

「賢者の……石……？」

「もう力を失っているから、記念にあげるよ。それではまた会おう。僕の女神」

9 潮騒に消える

立ち込めた霧が風で晴れるように、ファントムは消えた。

影も消えた青い空を呆然と見上げる。聞きたいことは山ほどあったが、もう気配すらない。波と風の音だけが静かに流れていた。

「ヴィクトル。そのナイフを預からせてもらってもいいかしら」

まだぬくもりの残るナイフを受け取る。血に染まった、何の変哲もないナイフ。

(賢者の石の失敗作)

ファントムの言葉を繰り返す。

どう見てもただのナイフだが、これがサンドラ夫人の変化のきっかけになったのは間違いない。

間違っても怪我をしないように、刃を、そして全体を石で覆う。

「賢者の石とはなんなんだ」

ヴィクトルに問われ、逡巡する。

答えに迷ったのは、答えたくなかったわけではなく、ノア自身そのものの姿をよくつかめていないからだ。

「錬金術師の見る夢……奇跡を叶える魔法の道具。私は、存在しないものだと思っていた」

ただの夢物語だと思っていた。

「いまは、存在してはいけないものだと思ってる。ひとつの願いのために、千人の命を犠牲にするようなものだから」

かつての王国の錬金術師から聞いた話では、国ひとつを犠牲にして賢者の石をつくったという。それが本当でも嘘でも、そんなものと関わりを持ちたくはない。

「だからヴィクトルも夢物語だと思ってて。悪い夢だって」

「……そうか」

ヴィクトルの胸の内は読めない。

だから余計なことを考えてしまう。いつか彼が身に余るほどの力を求めたら。

賢者の石を求めたら。

(私はどうするんだろう)


大地の振動が伝わってくる。

遠くに土埃《つちぼこり》が舞い上がるのが見える。騎馬と馬車の一団が、こちらへ向かってくるようだった。総勢二十人ほど。敵の増員の可能性もあるが、二種類の旗が立てられているのが見えるからその可能性は低いだろう。片方の旗にはフローゼンの紋章がある。もう片方はおそらくバルクレイ伯爵のもの。

「迎えが来てくれたみたいね。それじゃ、私は隠れておくからあとはよろしく」

「何故だ」

「いやだって、私の正体も、アリオスを出てきていることもニールさんとアニラ以外知らないし。どうやってここに来たのかも説明できない」

きっとあの一団の中にはヴィクトルの従者のニールも、アリオスの兵も、帝国警察のレジーナもいる。侯爵捜索のためアリオスを出た一団が。

ノアが錬金術師ということを隠している以上、特に錬金術師を探している警察官のレジーナには言えない以上、ノアはここにいなかったことにして、ヴィクトルが自力で解決したことにするのが得策だ。

ノアは騒ぎが収束するまで森に隠れておいて、後でひとりでこっそりゴーレムで帰ればいい。そんな完璧な計画を立てていたのだが。

何故かヴィクトルに腕を捕まれて動けない。

「ヴィクトル……？」

声が引きつる。

穏やかな笑みが逆に怖い。

「何を考えてるの」

「私はあなたを日の当たらない場所に置くつもりはない」

「気にしないで。日蔭大好きだから」

言っているうちに一団が近づいてくる。もう時間がない。無理やり気絶させてしまおうか。

「あー！　侯爵様生きてた！　良かった！　え？　エレノア様？　どうしてここに！」

聞き覚えのある女性の声が遠くから響く。馬車から身を乗り出して望遠鏡を携えた、赤髪の女性の姿が見えた。

ノアは静かに目を閉じた。

――終わった。


駆けつけた捜索隊がヴィクトルの無事を喜ぶ様子は、それはもう大変なものだった。

「世話をかけたな」

その一言でアリオスの人々は人目も憚《はばか》らず号泣する。大勢の男が揃って泣く光景を、ノアは生まれて初めて見たかもしれない。

美しい主従関係。それはとても素晴らしいことなのだが、いい加減手を放してくれないだろうか。

「わー、本当にエレノア様じゃないですか。どうやってここに来たんですか。あたしたちより早いなんて」

共に駆けつけたレジーナが興味津々で聞いてくる。

（ゴーレムに乗って一晩駆けました）

なんて言えるわけもない。

もはや何も言えないノアの代わりに、ヴィクトルが腕を持ったまま言った。

「彼女は私の錬金術師だ」

何の躊躇いもなく堂々と。錬金術師を探している相手に。周りにはアリオスの人々もいるのに。

（平穏な人生さようなら）

もはや諦めの境地だった。どうにでもなれ。

「あー、そうなんですかなるほど。錬金術師なら余裕ですね。よく知らないけど」

（……ん？）

「他の警察に見つからないようにしといてくださいよ。ややこしいので」

「忠告感謝する」

レジーナは面倒くさそうに言って、自分の仕事は終わりとばかりにすたすたと乗ってきた馬車のほうへ戻っていく。

状況が理解できずに固まっていると、レジーナと入れ替わりにニールがヴィクトルの元へやってきた。

「旦那様、こちらを」

持ってきていた外套を羽織らせる。

ようやく解放されたノアは、しかし今更どこに行ったらいいかわからず、風に揺れる外套をぼんやりと眺めた。

（ニールさん準備がいいなぁ）

さすが昔からの従者。

「旦那様、バルクレイ伯爵がこちらにいらしています」

そっと伝え、ヴィクトルの背後へ回る。

すると、線の細い青年が従者と共にヴィクトルのところへやってきた。心労で痩《や》せこけ、いまにも失神しそうなほどの青い顔で。

「フローゼン侯爵……」

声がひどく弱々しい。

(この人が、バルクレイ伯爵……)

現当主であり、サンドラ・バルクレイ先代伯爵夫人の息子。

「母が、とんでもないことを……！　貴方を誘拐するなど……なんとお詫びすればいいか……！」

いまにも命を断ちそうなほどの悲痛な叫びが、潮騒の中に響く。

伯爵は膝から崩れ落ち、顔を伏せて両手を地面につく。

ヴィクトルは伯爵の前に膝をつき、その肩に手を触れた。

「夫人は己の不徳を恥じて、海に身を投げられた。残されていたのはこれだけだ」

青い宝石のブローチを伯爵に見せる。

サンドラ夫人の胸元についていたブローチを。

(いつの間に回収していたの……)

おそらく、ナイフを抜いたときに一緒に。

「ああ、これはまさしく……！」

「助けることができず、すまなかった」

自分が傷つけられた苦痛よりも。

母を失った伯爵を労る姿は、何も知らない人々にはどう映るのだろうか。

「私はこの件を表沙汰にするつもりはない。バルクレイ伯爵、許してもらえるならばあなたとの友情をこれからも続けていきたいからだ」

「フローゼン侯爵……！」

伯爵の流す純粋な涙は、喜びによるものか感動によるものか。

光を受けて輝くそれから、ノアは思わず目を逸らした。

##

帰りの馬車では、ノアはレジーナと二人きりになった。ノアの膝の上では黒猫が寝ているので、正確には三人か。

バルクレイの兵は大多数が監獄の後始末のため留まったため、一団の規模は半分ほどになっている。

ヴィクトルはニールと共に伯爵の馬車にいる。中でどんな話がされているかは、あまり考えたくない。

「侯爵様は訴えないって本当？」

「はい。そう言っていました」

何も知らない若き伯爵に恩を売っておくつもりなのだろうけれど。領地が隣接する相手と良好な関係を築くのは間違っていない。

レジーナは大きなため息をつく。

「はあ、またタダ働き。タダ働きって人生において最も無駄なものよね。魂が腐るわ。穴掘って埋めるだけよりはマシだけど」

「そういうものなのですか？　なんの手柄にもならないとか、そんな——」

「貴族同士のトラブルで、被害者に訴える気がなくて容疑者が亡くなった以上、あたしにはどうしようもないわ。下手に調べて消されたくないし」

物騒なことを言う。

この時代の貴族もそういうものなのかと思うと、暗い気分になってくる。ノア自身、王国では侯爵家の娘だった。ほとんど勘当状態だったとはいえ。

いまは庶民ですらない。寄る辺ないただの錬金術師。

「……私を捕まえなくていいんですか？」

「え、なんで？　罪犯したんですか？」

逆に聞き返されてしまう。

——罪。

昨夜だけでいろいろと実行したが、どれを罪と判断するのか、それがわかるほどノアはまだこの時代、この国の刑法に詳しくない。

「レジーナ様は錬金術師を探しているんじゃないんですか？」

「あたしが探しているのはファントムって男。他は知らない、関係ない。しかも貴族付きのなんて、怖くて関わっていられないですね」

きっぱりと言い切る。そして出てきた名前に驚いた。

「ファントムさん、ですか？」

「え？　知ってるの？」

「……昨夜、森の中でファントムと名乗る錬金術師に会いました」

「ええーっ！　そうかー、やっぱりこっちにいたか。元気そうだった？」

「はい、とても」

「そう」

それだけ呟き、レジーナは窓の外に視線を向ける。森の方角を見つめ、黙ってしまった。

沈黙が訪れ、馬車の走る音だけが車内に響く。

レジーナの横顔を見て気づいた。ファントムとレジーナの瞳の色が同じ緑なことと、顔立ちがどこか似ていることに。

もしかしたらふたりは血が繋がっているのかもしれない。

レジーナは景色を映していた目を閉じ、強く頷く。何かを決意したかのように。

「エレノア様。これ、あげます。プレゼント」

ベルトの後ろに引っ掛けていたものを、押しつけるように渡してくる。

金属製の二つの輪が鎖で繋がれた代物を。

「これは？」

「錬金術師殺しの手錠です」

「錬金術師殺し？」

何とも物騒な響きだ。

「これを嵌めると、錬金術が一切使えなくなるんです」

一瞬で血の気が引いた。手錠と呼ばれたそれを持つ手が震えた。冷たさが、重さが、一段と強く感じられて。

「……こんなものが」

こんなものが一般化されているなんて。

渡された手錠を見つめる。見た目はただの金属製の手枷。普通の錬金術師なら簡単に破壊できるもの。

（おそらく、導力を封じる仕組み……）

導力がなければ分解も合成も行えない。

これで手を封じられたら、錬金術師は完全に無力化し、ただの人間になる。

「次にファントム見つけたら、これで捕まえて引っ張ってきてください」

「……わかりました」

あとで仕組みを研究しようと決めて、ジャケットの内ポケットに入れる。絶対に落とさないように気をつけなければ。

レジーナとファントムの関係は気になったが、聞くのはやめた。繊細なところに踏み込む勇気はまだない。

馬車が揺れながらフローゼン領へと進む。

アリオスにつくころには真夜中だろうか。

侯爵邸に帰ったら、温泉に入って、おいしいご飯を食べて、ベッドでゆっくり休みたい。何もかも忘れて眠りたい。

面倒事を片づけていくのはそのあと。

「レジーナ様、ボーンファイドって何かご存じですか」

後回しにしようと思ったが、やはり気になった。サンドラ夫人が正気のときに口にしていた言葉が。

なんとなくヴィクトルには聞きづらかった言葉を、レジーナに尋ねてみる。

レジーナは呆れたように肩を竦《すく》めた。

「貴女本当に何も知らないんですね」

「はい。お恥ずかしい話ですが」

「とはいえ高位貴族の名前くらい知っていたほうがいいですよ」

「高位貴族？」

「そう。灰色の悪魔に一番ケンカを売っていたアホ息子のいる公爵家の家名が、ボーンファイド」

10　錬金術師の養子縁組

「まんまと嵌められちまうとはお前らしくもない」

侯爵邸の書斎に、リカルド元将軍の呆れ声が響く。

「面目次第もありません」

元将軍の正面に座るヴィクトルは、怒られた子どものように素直に謝った。

（どうして私はここにいるのだろう）

ドレス姿でヴィクトルの隣に座りながら思う。

無事アリオスに、侯爵邸に帰ってきて、休憩もそこそこに着替えさせられ書斎に放り込まれた。

中にいるのはリカルド元将軍と、ヴィクトルと、ノアの三人だけ。同席している自分が場違いに思えて仕方がない。

（それにしても、ずいぶん親しいなぁ）

ヴィクトルとリカルド元将軍の間に流れる雰囲気は、遠慮も飾りもない。かなり長い付き合いなのだろうということが伝わってくる。

「で、こちらのお嬢さんがそうなのか」

鋭い視線がノアに向けられる。思わず息を飲む。

「はい」

「このお嬢さんを養女にか……よしわかった。よろしくな、我が娘よ」

「えっ？」

話についていけず、間の抜けた声が出る。

（養女？　どういうこと？）

「なんだ、話してないのか。肝心なことを話さねぇのは親父そっくりだな」

ヴィクトルを睨むが、後ろ暗いことが満載なのかこちらと視線を合わせようとしない。

この男はノアが婚約者役を承諾する前から、貴族との養子縁組の話を進めていたということだ。

「まあ養女といっても書面の上だけだ。安心しな」

確かに侯爵の婚約者となれば、ある程度の身分は必要だ。身分を持たないなら貴族の養子にする、という段取りが必要になってくる。当然のことだ。理解できる。理屈では。

それにしても順番が違うのではないか。

以前なら、ここで立ち上がって部屋から出て行っていたところだが。

「お世話になります。お義父様」

込み上げる感情をすべて飲み込み、頭を下げる。

もう決めたことだ。

帝都に行くことは、もう決めたこと。この時代、この国の中で、錬金術で何が行われているのか、知りたい。それに婚約者という立場なら、ヴィクトルのそばにいても自然だ。自然な近さで守ることができる。

「おう。なんだかくすぐってえな」

リカルド元将軍は破顔する。迫力はあるがどこか愛嬌のある、安心できる雰囲気に、ノアもつられて微笑んだ。

――本当ならここで、本物の家族のことを思い出すべきなのだろうが。

父の顔も、母の顔も、いまはもうほとんど思い出せない。

この時代に来てまだほとんど時間が経っていないのに、薄情なものだと思う。

（そもそも思い出自体がなかったか……）

王太子との婚約がなかったことになったとき。その時から両親は妹のことばかりで、ノアも錬金術のことばかりで。家族としての関わりなどなくなっていた。

「感謝いたします。将軍」

「もう将軍じゃねぇよ。ったくお前らときたら」

「私にとって将軍は将軍ですので」

リカルド元将軍は苦い表情を浮かべ、頬をかく。

「まあ向こうは古参貴族とつるんでやがるから、お前は軍や新興貴族を味方につけるしかねぇんだがな」

リカルド元将軍のその言葉でやっと気づいた。

ヴィクトルは戦争をする気だと。

直接武力をぶつけ合うのではなく、政敵と政争を起こすつもりだ。いや、おそらくずっと前から戦いは続いている。

この養子縁組も、この婚約も。

元将軍と縁を繋ぎ、軍との繋がりを周りに示すため。

（ちょっと待って……）

ノアはただヴィクトルを危険から守りたいだけ。錬金術のことを知りたいだけ。

なのに、どうしてこんな。帝国内の貴族の争いに巻き込まれようとしているのだろう。

（ううん、力をつけるのは普通のこと……潰されないために政治力や軍事力、経済力を高めるのは普通のこと……）

自分に言い聞かせる。これが普通のことなのだと。

しかし漂う雰囲気が物騒すぎる。

「俺の過去の名声とやらがまだ残ってるなら、好きに使え。どうせ俺の爵位は一代限り。血縁もいねぇし、誰にも迷惑はかからんしな。それにここで力を貸さなかったら、天国であいつに怒られる」

厳しい声に、一瞬だけ優しさが混じる。愛しいものを思う声が。

「忘れるなよヴィクトル・フローゼン。軍も貴族も、民も、忠誠を捧げるのは皇帝陛下ただおひとり」

「もちろん心得ています。私が剣を捧げるのは、皇帝陛下ただおひとり」

――いますぐここから飛び出して、誰も知らない場所に引きこもりたい。

第三章　治せない病

1　ワルツはうまく踊れない

「――ノア、正式な戸籍書類を作る前に、あなたの家名を確認しておきたい」

二人きりになった書斎に、ヴィクトルの声が静かに響く。

（名前……）

――エレノアール・エリンシア・ルーキス。

それがノアの本名だ。名乗らなくなって随分久しい名前だ。

特にフルネームは、自分と名付け親しか知らない。あとは旧王都の保管庫に残っているぐらいだろう。いまはそれも燃えてしまったか、土の下だ。

とっくに失われてしまった名前だが、ルーキスの名を出すのは抵抗がある。一族にはもう生き残りはいないだろうが、もしどこかで生き残っていたら、迷惑をかけることになるかもしれない。

「家名はよくあるものを適当につけておいて。これからはベリリウス姓をいただくんだし、昔の家名なんて書類上だけのものでしょう？」

わざわざ過去を掘り起こすことはない。

「あと、これから私の名前はエレノアにしておいて。レジーナさんにもそう名乗っているし、ちょうどいいわ」

「……わかった。ではこれからは、エレノア・ベリリウスと」

「うん。そう名乗るわ」

長すぎず、立派すぎず、ちょうどいい名前だ。

「あと、淑女教育を受けさせてもらいたいの。帝国語に、帝国の歴史。あと、社交界で必要なマナーに教養。あなたに恥をかかせないぐらいに」

侯爵の婚約者の演技をするからには、徹底的にやる。中途半端なことは自分が許せない。

一時期は王妃教育を受けていたこともあり、淑女としての基礎はあるが、長らく使っていないからきっと錆びついている。現代の帝国貴族の淑女として、眉を顰められないくらいのマナーは身に着けておきたい。

「すぐに手配しよう。それと、私からも頼みがある。いまの部屋を移ってほしい」

「それはもちろん構わないけれど、どこに？」

「ちょうど、私の隣が空いている」

「……そこは、女主人の部屋でしょう？　空けておくべきところじゃないの？」

「婚約者殿が使うのなら問題ない」

たとえ婚約者でも、結婚していない段階で女主人の部屋を使うのは大問題なような気がするのだが。

現代の常識では違うのだろうか？

「いつでも使えるようになっているはずだが、何か必要なものがあったら言ってくれ。――ノア」

「……本当にわかってる？」

つい先ほど、これからはエレノアでと言ったばかりなのに。

「もちろん、然るべき時は然るべき呼び方をする。だが、普段は愛称で呼んでもいいだろう？」

「そうね。私としても、普段はそっちの方がいいわ」

エレノアという呼ばれ方は少しだけ緊張する。緊張感が必要な場面では――貴族を演じる場面では都合がいいが、普段はいままでのままの方がいい。

翌日には女主人の部屋に引っ越しをした。荷物が少ないので引っ越し自体はすぐに終わった。

そしてその日の昼には、本格的な淑女教育が始まった。

まずは帝国語の基礎から。次の日は歴史、その次は地理。

アリオスには帝都出身で高等教育を受けてきた人々が多くいるので、教師が手配されるのは早かった。ヴィクトルに教えてもらうこともあった。

食事もヴィクトルやニールやアニラに教えられながら、正式なマナーに則って行う。

毎日毎日が勉強で、時間が怒濤のように過ぎていく。

「ノア様、今日の午後はダンスの練習ですよ」

「はい……」

メイドのアニラに言われて、女主人の部屋で普段着からドレスに着替えていく。

「ノア様、やっぱりお疲れですか？」

「そんなに疲れた顔をしている？」

何せ覚えることが多すぎる。いまのところ、ついていくのがやっとだ。

それでも少しでも早く、表に出しても恥ずかしくない程度にはなっておきたい。

「すぐ慣れると思うわ。それに、ダンスで気分転換できるからちょうどいいわ」

「がんばってください、ノア様。美味しいお茶を用意しておきますね」

アニラの声援を受けながらシンプルなドレスに着替えて、二階の広間に行く。そこにいたのはヴィクトルだけだった。ダンスを教えてくれる講師の姿はない。

「先生はまだいらっしゃらないの？」

「ダンスは私が教える」

「ヴィクトルが？　お仕事は？」

「パートナーにダンスを教えるのも大切な仕事だ」

実際に踊るのはヴィクトルとだけになるだろうから教わるのはいいのだが。早めに慣れておくことに越したことはない。

「さてノア、ダンスの経験は？」

「少々」

「ではワルツは？」

「ワルツ……？」

初めて聞くダンスの種類だ。

「特徴としては、三拍子なことか」

ヴィクトルは窓辺に置いてあった三角形の小さな置物に手を伸ばした。中央に重しのついた針がついている。

「これは？」

「メトロノームだ。設定した速さと拍子で音が鳴る」

ヴィクトルが真ん中の針を動かすと、カチ、カチ、カチと三拍子で音が鳴り続ける。

いまは便利なものができているものだと感心した。

「次は基本姿勢だが――」

言いながら、ノアの前まで来て向かい合う格好で立つ。

（ずいぶん近いなぁ）

「失礼」

ヴィクトルの右手が、ノアの左手を取って重ねられる。

ヴィクトルの左手が、ノアの右腕と身体の間に滑り込み、肩の下のほうに手が回る。

「なっ！　どこ触って――近い近い！」

「これが基本の姿勢だ」

「嘘！」

「あなたに嘘はつかない」

「うそ……」

こんな姿勢が宮廷ダンスであるものか、と思ったのに絶望しかない。

ノアの知っている宮廷ダンスでは、触れ合うのは手くらいだった。それなのに、いまのこれは。

「右手を私の腕に」

言われたとおり、腕に触れる、が。

「こんな距離、夫婦か恋人同士でしかありえない」

「婚約しているのだから何も問題はない」

それは書面の上だけだ。

「ワルツの基本はこの体勢でくるくると回ることだ。女性のドレスやストールが広がって、華やかな光景になる。足運びさえ覚えてくれれば後は私がリードする」

抱き合った姿勢のままステップの説明を受けるが、心臓がざわついてなかなか頭に入ってこない。

ひとまずひとりでステップの練習をしてみる。これはそこまで難しくはない。

しかしパートナーと踊り始めた途端、足を踏む。

「ごめんなさい！」

「気にするな。痛くない」

練習は続行され、身体をぶつけたり、足を踏んだり、脛《すね》を蹴ったりすること六回目――

「ヴィクトル」

「どうした」

「婚約者役降りていい？」

にこりと笑って尋ねると、同じように笑って返された。

「もちろん駄目だ」

##

「ワルツ……本当に、いまはあんなダンスが流行ってるの？」

街中を歩きながら絶望的な気分で呟く。

「ワルツはダンスの基本よ。他はともかくワルツが踊れないと始まらないわよ？　あ、この焼き鳥おいしー」

隣を歩いていた赤髪の女性が、屋台の焼き鳥を食べながら答える。緑色の瞳をきらきらと輝かせて。

「レジーナさん……」

帝国警察遊撃隊所属レジーナ・グラファイトは、警察の制服姿のまま気さくに笑う。

「気にしないで踏んだり蹴ったりしてあげればいいのよ。喜んでるわよ、きっと」

「どこの世界にそんな物好きがいるんです」

「ノアは男心がわかってないなー」

そんなもの一生わかりそうにもない。

「レジーナさん、ダンスが踊れるなら教えてもらえませんか？」

「やだ。侯爵様に睨まれる。あたしにできるのは帝国語での話し相手くらいよ」

帝国語で話すようになると、レジーナは随分砕けた雰囲気で話してくれるようになった。

飾らない言葉での会話は、正直に言って楽しい。

気になることといえば、帝都に帰らなくても平気なのかということくらいだ。

ちなみにリカルド元将軍も帝都に帰らずに侯爵邸に滞在したままだ。いまはアリオス防衛隊を鍛えに鍛えている。訓練は厳しいそうだが、練度はめきめき上がっているらしい。

客人が増えすぎたので、そして誰も帰る気配がないため、侯爵邸では男性使用人をひとり増やした。

「それにあたし、そろそろ帝都に帰るし」

「えっ？」

「ヤツの気配もないし、家をあんまり空けてられないし。ここにいても閣下に無理やり鍛えられちゃうし……」

「……そうなんですか」

「そんな顔しないの。帝都に来たらいっぱい遊んであげるから」

レジーナはそう言ってくれるが、やはり寂しいものがある。

「楽しみにしています」

帝都行きの楽しみが増えるのも事実だ。笑顔で送り出そうと決めて、笑う。

レジーナは満足そうに微笑む。

「それにしても、何がそんなに引っかかるわけ？　ステップはそのうち慣れるし」

「……距離が近すぎるというか」

「いいじゃない。恋人同士なんだから」

「恋人じゃないです」

「え。将軍の養女にしてもらってまで婚約したのに？　借金のカタに買われた系？　弱み握られた系？」

（そうかぁ……そういう風に受け止められるのか）

わざわざ貴族の養女にしてまで婚約するのだから。恋人同士か、あるいは侯爵の執着と思われても仕方がない。

（ヴィクトルは覚悟の上なんだろうけど）

婚約者役解消後にまともな縁談が見込めるのだろうか。

（まあ、ヴィクトルに口説かれて頷かないご令嬢はいないか）

ノアが心配することではない。

「えーと、利害が一致したというか」

「ああ、そういう系。政略とか戦略とかなら頑張るしかないわね」

あっさり言われる。頑張るしかないのはわかっているのだが。頭ではわかっていても、心や身体はうまく動かないことがある。理屈ではない。自分でも制御できない。

「それで、淑女教育サボってどこ行くの？」

食べ終えた焼き鳥の包みをゴミ箱に捨ててから聞いてくる。

「サボってません。気分転換に仕事をするんです」

「うわぁ……」

信じられないものを見る目を向けられる。

そんな目を向けられるようなことは言っていない。たぶん言っていない。

2　薬屋への来客

ノアが向かったのは、アリオスの中央通りにある、白壁の小さな建物だ。看板には「薬屋」と書いてある。

入口の扉を押し開ける。カランカランと鐘が鳴り、消毒液の落ち着く匂いがした。

「いらっしゃいませ——ああ、ノア様、レジーナ様。お疲れ様です」

カウンターの奥にいるメガネをかけた白衣の男性、ライナスに迎えられ、店の中に入る。レジーナも一緒に。

「ライナスさんもお疲れ様」

「ノア様、新薬のほうもすごく好評ですよ」

「そう？　よかった！」

この店はノアがつくった薬を一般に販売するための店だ。

店の規模は小さいが、商品も小さいので問題ない。薬の種類は解熱剤、腹痛に効く薬、滋養強壮剤、等々が、店内の棚に並べられている。

最初はノアの薬の効能をよく知る旧王都調査員たちから広まっていった。アリオスでは医療費は無料だが、すぐに使える家庭の常備薬として広まり、安価でよく効くと評判を呼んでいる。

ライナスは本業は医者だったのだが、ノアの薬に惚れ込んでくれたらしく販売員を買って出てくれている。客の相談に乗りながら販売してくれるのでとても助かっている。

「これだけの薬学の知識、どこで学ばれたのですか？」

「秘密です」

微笑んで答える。

ノアが錬金術師ということは少しずつアリオス内でも広まってきているが、いまはまだ大っぴらには言えない。なので錬金術で研究開発したことも言えない。

薬の在庫状況を見るため奥の倉庫へ行こうとした時、扉が開いて鐘が鳴った。

「いらっしゃいませ」

入ってきたのは大きい鞄《かばん》を背負った華奢《きゃしゃ》な少女がひとり。白く長い、絹のような髪と赤い瞳が印象的だった。

「ふぅん。ここがそうなのか」

店内を見渡しながら、帝国語で呟く。

「本日はどのようなご用件ですか」

帝国語でライナスが応対すると、少女は不敵な笑みを浮かべた。

「ここの薬の評判を聞いてな。とりあえず全種類貰《もら》えるかな」

「全種類ですか？」

「左様。金はこれで足りるじゃろう」

カウンターに重みのある革袋が置かれる。わずかに開いた口から金色の光が漏れ出していた。

金貨だ。

大量の金貨。あれだけの金貨があればここの在庫もすべてなくなるだろう。

「こ、こんなにですか。ありがとうございます。商品を用意しますので、少々お待ちください」

「うむ」

奥の倉庫に行こうとするライナスの元へ歩み寄る。

「ライナスさん、計算してきますので商品の用意をお願いします」

金貨を受け取り、声を落として。

「ゆっくりとお願いします」

こっそりと伝え、奥の部屋に入った。


店の奥にある応接室。

客に詳しく薬の説明をしたり、相談に乗ったり、時に休憩をするためのスペース。革張りの長椅子が二つと、間にローテーブル。

部屋の中で先ほどの金貨を確認する。

「やっぱり」

「どうかしたの」

一緒に入ってきたレジーナが覗き込んでくる。

「これ、偽金貨です」

「わーい逮捕。これで侯爵のあたしを見る目も変わるってものよ」

どんな目で見られているのだろう。

「でも、なんでわかるの？」

「少し軽いんです。ほんの少しですけど。表面だけ金で、内側は違う素材が入れられています」

素材の違いは錬金術師の目で見れば一目瞭然だ。

「な、なるほど……？」

レジーナは首を傾《かし》げながら、皇帝の横顔が描かれた金貨をじっと見つめていた。

「レジーナさんはここで待っていてください」

「はーい」

部屋を出て、先ほどの少女を呼びに行く。

「お客様、商品の説明をさせていただきますので、奥の部屋へ来ていただいてもよろしいですか？」

「うむ」

店内を物珍しげに見回っていた少女は、無邪気にノアについてくる。

こう見ていると本当にただの少女だ。とても偽造金貨を使うような人間には見えない。

（知らずに使っている？　使わされている？）

どちらにせよ、偽造金貨をこの街で流通させるわけにはいかない。彼女のためにもならない。


奥の部屋に通し、座るように促し、扉を閉める。

部屋の中にいたレジーナが扉の前に立ち、こっそりと鍵をかける。

ノアは少女の正面に向かい合うように座り、間に金貨の入った袋を置いた。

「大変申し上げにくいのですが、この金貨は偽物です」

「なにぃ？　なぜわかる！」

まさかの最速の自白。

「ノア、わかったわ。この子バカよ」

「誰がバカか！」

「バカじゃないならお名前教えてくれるかな」

「ええい子ども扱いするな！　我はトルネリアじゃ！」

――トルネリア。

（どこかで聞いた名前）

しかもごく最近。

（確かファントムさんが、病気のことをトルネリアの呪いって言っていたような……？）

気になる記憶が甦ってくるが、いまは偽造金貨の方が問題だ。

「とにかく、この金貨では物はお売りできません」

「偽造貨幣はつくるのも使うのも犯罪なのよ、お嬢ちゃん。現行犯で逮捕します」

生き生きとした表情で手錠を取り出す。鉄の固まりがきらりと光る。

「悪人どもに捕まってたまるか！」

毅然《きぜん》とした声が響く。

トルネリアと名乗った少女は右手を高く掲げ、それを思い切り振り下ろした。途端、大量の白い煙が室内を満たした。

咄嗟《とっさ》に口と鼻を袖で押さえたが、目も刺激され涙が溢れる。

ただでさえ視界が煙に覆われているのに、涙で滲《にじ》んで何も見えない。

「何事ですか！」

部屋の外側からライナスの戸惑った声が聞こえてくる。

いつの間にか扉が開いていたようで、煙が少しずつ外へ逃げていく。

戻ってくる視界の中、トルネリアと名乗った少女の姿はいつの間にか消えていて、テーブルの上にあった偽造金貨もなくなっていた。

――逃げられた。

「誰が悪人よ！　正義の警察相手に！　あのガキもう許さない。捕まえてぎったんぎったんにしてやるぅ！」

床に這うように転がっていたレジーナが、呟き込みながら唸っていた。

「レジーナさんもう帝都に帰るじゃないですか……」

「あ、そうだった。間に合わなかったら仇討《あだう》ちは任せるからね！」

3　偽造金貨と宝石と

「おかえりなさいませ、ノア様」

侯爵邸の正面玄関から入ると、メイドのアニラが出迎えてくれた。

「ただいま。ヴィクトルはいる？　急ぎの話があるの」

「はい、執務室のほうに」

普段なら公務の場所である執務室には近づかないようにしているのだが、今回は火急の用だ。ルール違反と知りながらも執務室のほうへそのまま向かう。

執務室の扉をノックをして、返事を待ってから部屋に入る。

「ヴィクトル、急にごめんなさい。偽造金貨が出たの」

奥の机まで歩いていき、一枚だけ確保していた偽造金貨を渡す。

「なるほど。確かに少し軽い」

ヴィクトルは輝くそれを手に取り、見つめ、頷いた。

「持っていたのは十五歳くらいの女の子。長い白髪で目は赤くて、線の細い子だった。名前はトルネリアって名乗っていた。この金貨をたくさん持って、うちの薬を全種類買おうとしていたわ」

起きた出来事を、ゆっくり思い出しながら言葉にしていく。

「レジーナさんも一緒だったから確保しようかと思ったんだけど、煙幕を使われて逃げられて。それに、自分が偽造金貨を使っている自覚もあるみたいだった」

渡した偽造金貨を指差す。

「逃げるとき、それを一枚落としていったわ。他に被害は出ていないわ。何も盗まれていないし、怪我人もいない」

「よく報告してくれた。すぐに商業ギルドを通して通達を出そう」

さらさらとペンを走らせ書類をつくり、机の上のベルを鳴らす。すぐに隣の部屋からやってきた役人に書類と偽造金貨を渡した。

役人が退室するのを見送ってから、ヴィクトルは座ったままノアの顔を見上げた。

「浮かない顔だな」

「……こんなことしているけど、悪い子じゃないと思うの」

「本人の性質がどうであれ、見過ごせることではない」

「うん、わかってる」

金は経済の血液だ。血液が回らなければ街は壊死する。

偽造通貨は毒だ。通貨に対する信頼性が疑われれば、経済は停滞する。

循環が滞れば経済は弱り、いずれ死ぬ。

だから、通貨の偽造は罪が重い。許してはいけない。

「ごめんなさい。少し休んでくる」

なんだか、すごく疲れた。

「ノア」

執務室から出ようとしたところを呼び止められる。

「渡すものがある。あとで部屋に行っても構わないか」

「わかった。もし寝てたら起こして」

＃＃

女主人の部屋は、主人の部屋の隣にある。

ノアはジャケットを脱いで長椅子に横たわった。

寝転んだ姿勢のまま、部屋の中を見つめる。白い壁に、暖炉に、天蓋付きのベッド。装飾や飾られている絵画が落ち着いたものが多いのは、現代の流行か、先代侯爵夫人の趣味だろうか。

部屋の奥のほうには出入口とは別に扉があり、その先は隣のヴィクトルの部屋に繋がっている。

どちら側からでも鍵がかけられる扉だが、何かがあったときのために鍵は開けていた。まだ一度も使ったことはないけれども。

目を閉じ、耳を澄ますと、雨の音が聞こえてきた。

身体を起こし窓を見る。灰色の空が見え、天から降り注ぐ雨が窓を濡らしているのが見えた。

「雨……」

恵みの雨が、いまはひどく冷たいものに見えた。

(トルネリアはどうしてるんだろう)

あの少女は今頃どうしているだろう。雨に濡れてはいないだろうか。

どうしてもトルネリアのことが気になってしまう。ファントムからその名前を聞いたからだろうか。

やけに幼く見えたからだろうか。

(悪い子には見えなかった)

金貨が偽造されたものだとはわかっていたようだが、悪いことだとは気づいていなかったように思える。

それだけで、普通の生き方はしてこなかったであろうこともわかる。

だからといって許されることではないのだが。

罪を罪だと認識し、反省し、常識を知ってもらう必要がある。

「よし、トルネリアを探そう」

決心する。ここで事件の解決を待つだけだなんてすっきりしない。

早速起き上がろうと思ったのだが、何故か無性に身体が重い。疲れているのだろうか。雨のせいだろうか。

椅子のクッションに体重を預けて、小さく寝返りを打ち、目を閉じる。

雨の音を聞きながら、心地よいまどろみに身を委ねようとしたとき。

静けさの中にノックの音が響いた。

部屋を繋ぐ扉からではなく、外から。

「どうぞ」

まどろみを振り払って身体を起こす。

扉を開けて、ヴィクトルが室内に入ってくる。手に繊細な細工の施された白い箱を持って。

「ああ、そのままでいい」

立ち上がろうとすると留められた。

「隣に座っても？」

「うん、どうぞ」

長椅子の隣にヴィクトルが座る。

ヴィクトルは小さく咳払いをして、葡萄《ぶどう》の装飾が施された箱をノアに差し出した。

「ノア。これを受け取ってもらえないだろうか」

箱を受け取り、蓋を開ける。

内側から眩い光が零れだす。薄暗い部屋の中でも輝く宝石たちが、箱の中に大切に収められていた。

「え？　なんで？」

目を瞬《またた》かせる。宝石を貰う理由がない。

見上げると、ヴィクトルは少し困ったように笑っていた。

「借りたものは海で失くしてしまったからな」

ヴィクトルが他領へ出かけるとき、無事帰ってきてほしくて、おまじないとしてイヤリングの片方を渡した。

そう。貸したものはイヤリングの片方だけ。

それなのに宝石箱の中に入っていたのは、一揃いのイヤリングと、ネックレスと、ブレスレット。

金で作られたそれらに同じ透明の宝石が飾られていて、光を受けて内から輝くように煌めいている。

「ありがとう……」

お詫びの意味を含めているとしてもやりすぎではないかと思うのだが。

正装の時は身を飾る宝石が一揃い必要だ。これを使わせてもらって、婚約者役が終わったときにすべて返そう。とはいえ、侯爵令嬢時代でもこれだけのものを持ったことはない。いまの自分には身に余りそうだった。

「私の婚約者を飾るにふさわしいものを探したつもりだが」

ヴィクトルは宝石箱の中からイヤリングを片方手に取った。

ノアの耳元に寄せ、小さく笑う。

「やはりあなた自身の輝きには及ばないな」

よくもそんな恥ずかしいことを言える。

言われた側が恥ずかしくなってしまって何も言えない。頬が赤くなっていることが鏡を見なくてもわかる。

「ありがとう……」

そう答えるのが精いっぱいだった。

長い指がイヤリングを宝石箱の中に戻す。ノアは蓋を閉じて、宝石箱を胸に抱えた。

会話が途絶え、沈黙が訪れる。

用事はこれで終わりのはず。なのに何故か、ヴィクトルは動かないし何も言わない。

悩んでいるような表情は、何か言葉を探しているようにも見える。

「どうしたの？」

「……何か困っていることはないか」

「ん？　別にないけど」

「何か必要なものや、欲しいものは――」

「気を遣ってくれてありがとう。別にないわ」

ここには生活に必要なものが揃っている。個人的に必要なものがあれば自分で買ったり作ったりする。ヴィクトルに気を遣ってもらうようなことはない。

「そうか」

心なしかがっかりしているような。

いったいどうしたのだろう。

「ヴィクトルはないの？　欲しいものとか、必要なもの」

こちらから聞いてみると目が合った。

青い瞳と視線が合い、惹かれるように深く覗き込む。

（きれいだなぁ）

先ほど預かった宝石よりもずっと、美しいと思った。

「いや、なんでもない」

目を逸らされる。

「邪魔をしたな。ゆっくり休んでくれ」

立ち上がり、部屋を出ていくヴィクトルの背中を、少し残念な気持ちで見送った。

4 硬質化する病

侯爵邸の敷地内には温泉がある。

本館と繋がる別棟の中にある、少人数で使える浴室がそれだ。

滑らかな石造りの大きな浴槽には、一日中たっぷりの湯が満たされている。

常にこの状態なのだから贅沢《ぜいたく》すぎるというものだろう。

「あー、気持ちいい」

ノアは浴槽の中で手足を伸ばし、心からの声を上げる。

少しとろみのある柔らかな湯が、じんわりと身体を温めてくれる。疲れたときはこの温泉に入るに限る。

不意に、右腕に尖《とが》った石を押しつけられたような痛みが走った。

どこかで引っかけたのだろうか。怪我をしていないか右腕を湯の中から引き上げて、見て、言葉を失った。

「え……？」

右腕に、きらきらと光る透明な鱗のようなものが張りついていた。ひとつではない。いくつも。

触ってみる。硬い。

よく見ると、皮膚が変化して硬質化しているのだとわかった。

あたたかな温泉の中にいるのに、血の気が引いていく。

この状態には見覚えがあった。

##

浴室から出たノアは、そのまま部屋には戻らず中庭を歩き、離れのほうへ行く。

侯爵邸の離れには眠り姫がいる。

ここに来たばかりのころヴィクトルに案内されて出会い、それ以降はほとんどここには足を運んでいない。彼女を見るたびに己の未熟さを思い知らされるから。

離れの一階の、一番奥の寝室。天気のいい日はとても日当たりがよくて明るい部屋だが、今日はあいにくの雨だった。

瑞々しい白薔薇の芳香が香る部屋の中、天蓋付きの大きなベッドに若い女性が眠っている。

ヴィクトルの妹、ベルナデッタ。

豊かな銀色の髪。整った顔立ち。完璧な美しさは、兄妹というだけあってよく似ている。

どれだけ見つめていても、彼女はほんの少しも動かない。

ノアの診断では彼女は死んでいる。

まるで生きているようだが、その全身は硬質化している。筋肉も皮膚も神経も、身体を構成するものすべてが、本来とは違う形に変わってしまっている。

もし肉体を治療することができたとしても、離れてしまった魂を呼び戻す術をノアは知らない。

(魂を別の器に収めたことはあるけれど)

もし肉体を治療し、魂を取り戻すことができたなら、彼女も生き返らせることができるのだろうか。

いまのノアにはどちらの方法もわからないが。

「ノア様、こちらにいらしてたんですね」

「アニラ……」

メイドのアニラが、ベルナデッタの身体を拭くための湯と布と着替えを持って、部屋に入ってくる。

「ねえ、アニラ。ベルナデッタ様の身にいったい何があったの」

「えっと……あたしも旦那様たちがこちらに移られてから雇われましたので、詳しくは知らないのですが」

ベルナデッタを見つめる。遠い思い出を見つめる瞳で。

「お嬢様は帝都で暮らしていた時に、この病気に罹《かか》ったそうです。元々病弱でいらしたそうなのですが、ますます弱られて……」

「罹ったのは、何歳の時かわかる？」

「確かその時は十四歳だったかと……こちらに移られたのが十七歳で、その年に意識を失われて」

そしていま十八歳。

「お話しできたのは短い期間でしたけれど、お嬢様はとてもよくしてくださって」

いつも明るく輝くアニラの瞳から、涙が零れる。

「アニラ……」

いまのノアには、アニラを慰める言葉が出てこない。

アニラは涙をぬぐい、微笑む。

「あたしはだいじょうぶです。さあ、お嬢様。失礼しますね」

##

夕食後、部屋に戻ったノアは、椅子に座って硬質化している腕を眺めていた。

光を受けなければほとんど目立たない。長袖や手袋を着れば容易に隠せる。ただしこの病は徐々に全身に、体内にも臓器にも脳にも広がっていき、いずれは命を奪うのだろう。

ベルナデッタの姿と、アニラの話を思い返す。

（二年は猶予があるということかしら）

自分の考えに吐き気がする。

それでもなんとか平静を保つ。冷静にならなければいけない。病や傷と向き合った時、必要なのは情ではない。冷酷なまでの判断だ。

「…………」

意識を集中させ、目に導力を通し深く視ようとする。

その瞬間、全身に激痛が走った。

（やっぱり）

薄々感じていたことが確信になる。

再び腕を見てみると、硬質化している部分が増えていた。

この病の正体はいまだにわからないが、ひとつだけ確実なことがある。

導力を使うと悪化するということだ。

（……私は二年より早そうな気がする）

こうなればもう錬金術はもう使えない。錬金術は導力によって発動する。導力を使わない錬金術もあるが、ノアは導力を使うほうが多い。

余命が縮むとわかってしまえば気軽に使うことはできない。

（ここを出るしかない）

ノアは錬金術師としてここにいる。

錬金術が使えなくなってしまえば、ここにはもういられない。

それに肌に症状が出てしまっている以上、病を隠し通すことはできない。この病を見れば、この家の人々は気づくだろう。ベルナデッタと同じ病だと。

その時どんな気持ちになるのか、想像するだけで胸が苦しくなる。

（よし）

方針が決まればあとは行動するだけ。

このまま夜の内に抜け出せば不自然すぎてきっと途中で見つかる。明日、普通に出かけるふりをして家を出て、そのまま帰らずアリオスを出よう。

西へ行こうか東へ行こうか。

西には旧王都と海しかない。

ならば東。東の世界を見に行こう。

東門は人の出入りが多い。人の流れに紛れて、外に出ることは容易なはずだ。

（旅に必要な道具とお金はポーチの中にあるけど、導力を使わなければ取り出せない……）

これはもう無理やり取り出すしかない。

病が進行したとしても、一月先のことより明日のことのほうが大事だ。

（あとは——）

家を出る前にヴィクトルに相談したほうがいいのではないか、と心の内から声がする。

そうするべきだ、と声がする。黙って姿を消すのは不義理だと。

それでも。

病のことを伝え、錬金術が使えなくなったことを伝えれば、ヴィクトルはどんな顔をするだろうか。

（怖い）

考えるのが怖い。

怖いからって逃げるのは子どもだ。それでも。

きっと失望されるだろう。

もしかしたら変わらずここに置いてくれるかもしれない。

だが、同情に縋って生きるのは嫌だ。

（いまの私には何もできない）

何もできない人間が、彼の行く道の邪魔をしてはいけない。

――ふと。

昔飼っていた猫のことを思い出す。黒猫のグロリアの前、生家の侯爵家に住んでいた時から飼っていた、青い瞳の白い猫。

錬金術師となって家を出た後もしばらく一緒にいたが、ある日ふと姿を消してしまった。

後日、猫は寿命が来ると飼い主の前から姿を消して誰も知らないところで息を引き取ると、同僚に教えてもらった。

あの時はただただ悲しかったが、いまなら気持ちがわかる気がした。

すべてのことに覚悟を決めて、この部屋での最後の眠りにつく。

豪華なベッドもこれでもう寝納め。

淑女教育も婚約者ごっこももう終わり。美味しいご飯も、温泉も。

心残りがあるとしたらひとつだけ。

（ワルツはきちんと踊ってみたかったな）

5　家出と取引

翌日。

朝食の時に、ヴィクトルは街の視察に出てニールも供をすることを聞いた。

これはチャンスだ。

部屋に戻ると早速大きな鞄を用意して、激痛に耐えながら旅に必要なものを亜空間ポーチから取り出した。当面の路銀も確保する。

（まずはトルネリアを探してみよう）

彼女のことはいろんな意味で気になる。

朝食の席で聞いてみたが、トルネリアの目撃情報はまだないらしい。他に偽造金貨を使われた報告もない。

すでにアリオスを出ていった可能性も高いが、もしまだいるとしたら人通りの少ないところに潜んでいるのだろう。

アリオスの人通りの少ないところといえば、街の北西部。こちらは開発があまり進んでいない静かな地域だ。比例して治安も悪いが、身を潜めるのには絶好の場所だ。

方針が決まれば行動は早い。

ノアは帝都に帰るレジーナに病気がないかを確認してから見送った。そのすぐ後、置手紙を書いていつもと変わらない振る舞いで侯爵邸を出た。


アリオスの北西部は、中央や東部と比べてやけに静かだ。

商業地から離れているため、壁の中だというのに人通りが少ない。ノアもここに足を踏み入れることは滅多にない。

犯罪の温床になるためヴィクトルは手を入れたがっているが、いかんせん利便性が悪く需要がない場所というのは開発しにくいものだ。

(アリオスの中とは思えないほど静か)

雨上がりの土の匂い。

あちこちに残る水たまり。

古びて、壊れた個所の多い石畳。

人の住んでいない廃墟。

それらを眺めながら歩いていると、突然背中に硬く尖ったものを当てられた。

「動くな」

息を潜めた、女性の声。

「これ以上罪を重ねないほうがいいと思うけれど」

両手を挙げて降参のポーズをとる。

振り返ると、蒼い顔をしたトルネリアと目が合った。

「お主は薬屋の……」

覚えておいてくれたらしい。

トルネリアは舌打ちをしてナイフを鞘に納めた。

「追手かと思ったわ。紛らわしい」

悪態をつくその顔色は悪い。ノアの見たところ貧血状態だ。

「だいじょうぶ？　随分具合が悪そうだけど」

「ふん、少し誘拐されただけだ。大方、人身売買とかそういうところだろう」

「ええっ？」

まさかあの後そんな目に遭っていたとは想像もしていなかった。アリオスの治安はノアが思っているよりずっとずっと悪いのだろうか。

「それは兵士さんに相談したほうが」

「たわけ！　いまの我は追われる身だ。お主のせいで。まったく」

それは逆恨みというものでは。

「確かに偽金貨の件は通報はしたけど」

この街に生きるものとして見過ごすことはできない。

しかし偽造金貨の件もだが、誘拐と人身売買疑惑についても放置はできない。

できないのだが――……

（いまの私にはどうしようもできない）

これから街を離れようとしている身だ。ひとまず、覚えておくことにしてこの件は置いておく。

「いまの私はあなたを捕まえるつもりはないわ。ただ話がしたくて探していたの」

「話だと？」

眼光がノアを刺す。

この年頃の少女とは思えないほどの鋭さで。

しかしそれに臆《おく》するノアではない。

「トルネリア。あなたはどうしてこの街に来たの」

「……盗まれたものを取り返しにだ」

「それはどんなもの？」

「なんじゃ、探すのを手伝うとでも言うつもりか。お人好しめ。そのような余裕があるのか？」

「う……」

言葉に詰まる。

トルネリアはノアの右腕を見つめた。

「お主、発症しておるのじゃろう？」

「え、なんで……」

思わず腕を押さえる。硬質化している部分を。

「我にはわかる。まあ、安静にして過ごせば多少は持つ。養生することじゃな」

「ま、待って」

歩き出したトルネリアを慌てて追いかける。

「何故ついてくる」

「私ももう帰れないの」

「病のせいでか？　薄情な家族じゃのう」

「家族じゃないわ。居候。迷惑をかけたくなかったから出てきたの」

書置きもしてきた。探さないでくださいと。

「そういうわけで余裕があるから、手伝うわ」

「それはまた随分殊勝な心掛けじゃの。だが、何故じゃ？　我とお主には何の関係もないはずじゃが」

「あなたは錬金術師でしょう？」

トルネリアの表情が変わった。

少し恐れるような顔でノアを見る。

「何故、それを」

「わかるわ。あの偽造金貨をつくれるのは錬金術師だけだもの」

「……あれは、母に教わった技じゃ。こうすれば増えると」

どんな教育をしているのか。

「なるほど。お主も錬金術に魅せられたか。よかろう。お主、名は」

「ノア」

「ふむ……」

トルネリアは何かを思案するように、腕を組んで首を捻る。

その時だった。人の気配がこちらに近づいてきたことに気づいたのは。

獣人の男が三人、明らかにノアとトルネリアを見て近づいてきている。

背中を曲げた、気力のない立ち方と歩き方。だらりと垂れる手には、鞘から抜かれた短めの剣。

力なく開いた口、その代わりのように鋭い眼光。

正気ではない。そして凶暴性を隠そうとしない。

まるでグールだ。理性のない人型の獣。

「薬で頭をやられておるな」

トルネリアがぽつりと呟く。

アリオスは商業が盛んだ。その分、人の出入りが激しい。

人の出入りが激しければ、治安を悪化させる人間も生まれてくる。

そしていま、そんな人間たちに狙われている。

導力が使えない。

錬金術が使えない。

身体強化も使えない。

武器も持たず戦いの心得もない。

そんなノアにできることは。

（逃げることだけ）

突然、目の前に煙の幕が広がる。白い幕が視界を多い、相手の姿をかき消した。

「何をぼーっとしておる。来い」

トルネリアがノアの服を引っ張る。引きずられるようにして走り、その場から逃げだした。

＃＃

男たちの追跡を振り切り、元民家だったと思われる廃墟のひとつに身を隠す。窓も扉もなくなった家だが、少なくとも視界は遮られる。

肩で呼吸をしながら、ノアは壁の影に座り込んだ。息が持たない。体力が続かない。もう走れない。

「なんなんじゃ、お主は！　トロいわ鈍いわ判断も足も遅いわ。よくもそれで一人で生きていこうと思ったな！」

声を潜めながらトルネリアが叫ぶ。返す言葉もない。

錬金術の使えなくなった自分がここまで貧弱だとは思わなかった。逃亡の間中ずっとトルネリアに助けられていた。

「お主の未来は、さっきのような輩《やから》に慰み者にされて殺されるか、さらわれて売られて金持ちのペットだ！」

（いやいや、流石にそれは
ないとは言えない。もっと悲惨な目に遭う可能性だってある。

トルネリアは頭を抱え、大きくため息をついた。

「そうか、病のせいか……」

「いえ、生来だと思う……」

以前は錬金術で筋力を強化していたから多少は動けたが、いまはトルネリアの言うとおりだ。足が遅くて動きが鈍い。

頭が痛い。

まさか自分がここまで情けない存在だとは思わなかった。錬金術を覚えてからはそれに頼りきりで、身体を鍛えることをしてこなかったツケが回ってきている。

（護身術ぐらい習っておくべきだった）

後悔してもどうしようもない。

これから本当にひとりで生きていけるのだろうか。不安しかない。

「……治してやってもいいが」

ぽつり、とこぼされた言葉は、ノアを激しく揺さぶった。思わず前のめりになる。

「治せるの？」

「対価は払ってもらうぞ」

「それはもちろん。私の全財産で足りなければ借金してでも」

「金ではない」

トルネリアは赤い瞳を煌めかせ、ノアを見つめた。

息を飲む。対価が金銭でないというのなら、いったい何を要求されるのか。

「お主には侯爵邸に侵入するのを手伝ってもらう」

金と言われたほうが良かった。

6　元錬金術師は覚悟する

「本当に治せるの？」

疑っているわけではないが、信じられない気持ちで問いかける。

「身体が固まっていく病じゃろう？　我らは人形病と呼ぶ。我を信じろ。お主が良い働きをすれば必ず治してやろう」

トルネリアは自信満々だ。

ノアにはこの硬質化する病気の仕組みも治療方法もまったくわからないが、ここまで豪語するのならば可能性は高いだろう。

（その代価が、侯爵邸への侵入……）

先ほどもう帰らない決意で出てきたばかりだというのに。

気が重いが拒否権はない。

本当にこの病が治るのなら、大抵のことはやってみせる。

（ベルナデッタ様も）

もしこの病が本当に治れば、もしかしたらベルナデッタのことも治せるかもしれない。

治したところでもう魂はいないため無意味なことになるだろうが、病気が治れば、ヴィクトルの心境にも何か変化があるのではないだろうか。

諦めでも、悲しみでも、苦悩でも。

死を受け入れ、弔《とむら》うことができれば、いまよりは前に進めるのではないかと思ってしまった。

（余計なお世話だろうけど）

拳を強く握る。トルネリアに協力する覚悟を決める。

「それで、目的は？　侯爵邸に入ってどうするの？」

「潜入が成功してから話す」

「……潜入するより、正面から用件を話しにいったほうが」

犯罪目的ならともかく、正当な目的があるなら無下《むげ》には扱われないはずだ。

不法侵入よりも正直に話したほうがまだ成功の目がある気がした。

「ええいうるさい！　協力するのか、しないのか」

「協力します。させていただきます」

ノアには拒否権はない。協力以外の道はない。

しかしうまくいくとはとても思えない。見えている断崖絶壁に突き進む勇気はとても持てない。

メイドのアニラは耳がいいから、侵入者にすぐに気づくだろう。

使用人のニールは鼻が利くし腕も立つ。

新しい使用人も、何かしらの特技を持つだろう。でなければヴィクトルが雇うはずがない。

帝国軍の元将軍も滞在しているし、そしてもちろん、ヴィクトルがいる。ノアの知る限り一番強い人間が。

（魔境……）

いまの侯爵邸は控えめにいって魔境だ。うまくいく未来が見えない。ノアが自在に錬金術を使えるのなら、適当にルートをつくって侵入できるのだが。このままだと捕まるだけだ。

頭がくらくらしてきた。

「そうだな。お主には侯爵邸の隅でも爆破してもらおうか」

計画が過激すぎる。

「そうなれば当然注意がそちらに向く。その間に我が潜入する」

（これ、通報したほうがいい？）

こっそり忍び込むだけならまだしも、爆破というのは穏やかではない。トルネリアに協力するという決意が段々揺らいでくる。

しかし、ここで負けてはいけない。

「侯爵邸の内部のことは私も少しは知っているから、ちゃんと計画を練りましょう」

「ほぉう？　いま話題の薬師で、侯爵とも関わりが深いとは。お主はいったい何者だ？」

（ただの錬金術師――じゃなかった）

錬金術が使えなくなったいま、錬金術師ではない。

「ただの、薬師？」

「はっきりせん奴じゃのう」

呆れ声がぐさりと胸に刺さった。

「まさかお主がここまで情けない奴じゃったとは」

ぐさぐさ刺さる。精神の出血多量でいまにも気絶しそうだ。

「……まずいな」

トルネリアの表情が険しいものに変わる。

「追いつかれたようだ」

先ほどよりも声を潜めて、慎重に壁の穴から外を覗く。ノアも同じようにすると、さきほどの獣人の男三人がこちらにやってくるのが見えた。

「くそ、鼻を潰したはずなのに」

悔しそうに唸る。やはり屋外で煙玉は効果が低かったようだ。

昨日の雨で地面もゆるくなり、足跡もしっかり残っていただろうから、追跡は簡単だっただろう。

しかし何故わざわざ追いかけてきたのか。薬で頭をやられているとは思えないほど、意思を感じる行動だ。自分の意思ではなく、命令されてでもいるのだろうか。

考えている暇はない。

「前の家に誘導して、爆破する。その間に裏口から逃げるぞ」

トルネリアが真剣な表情で向かいの廃墟に視線を向けていた。

顔を見つめると、不敵に笑った。

「案ずるな。我は錬金術師ぞ」

トルネリアは道を挟んだ前の家へ手を伸ばす。

しっかりと前を見据え、指をわずかに引く。指先の糸を引くような動作で。

前の家からガタン、と何かが倒れる音がした。

男たちは顔を見合わせ、物音に導かれて前の家に入っていく。

「火の精霊よ、赤き竜よ、爆《は》ぜろ」

歌と共に、風が動く。

破裂音。

こちらまで伝わるほどの衝撃波と、廃墟内部が爆発して崩れ落ちる音。

騒々しさの中で、トルネリアは颯爽と走り出した。

「行くぞ」

トルネリアの背中を追って、裏口から出る。外に足を踏み出した瞬間、嫌な予感がして上を見る。

出てきた家の屋根上に、人影がひとつ。爆発と倒壊に巻き込まれていたはずの獣人のひとりだった。

「危ない！」

トルネリアと影の間に身体を割り込ませた瞬間、頭に衝撃が走った。

鼻の奥がツンとする。地面の匂いがやけに近い。

頭を殴られて倒れたのだと理解するまで時間を要した。頭がガンガンと痛む。

(ああもう、護身術ぐらい身に着けておけばよかった)

いつだって後悔は先に立たない。

「ノア!」

「逃げて」

言葉は音にならない。なんとかしてトルネリアだけでも逃がさないと。地面の冷たさを感じながら、鈍い思考を巡らせる。

もう二人もこちらにやってくるのを感じる。先ほどの爆破はあまり効いていなかったようだ。獣人の丈夫さを思い知る。

起き上がろうにも、力が入らない。こんなことぐらいで動けなくなるなんて本当に情けない。

ノアを殴った獣人は、次はトルネリアに狙いを定めている。

できれば三人ともギリギリまで引きつけてからにしたかったが、トルネリアを傷つけさせるわけにはいかない。錬金術で手足を石で固めることに決める。

全身に針で刺されたような激痛が走るだろうが、我慢すればいい。どんな痛みかはもう知っている。

命に比べれば些細なこと。

覚悟を決め、錬金術を使おうとした刹那――。

ノアと獣人との間に、人が降ってくる。

ほとんど音を立てずに降り立った人影が、動く。

次の瞬間、獣人が吹き飛んだ。

（……人間って空を飛ぶんだ）

人が、青い空を飛ぶ姿。

屋根に落ち、突き破って下に落ちる姿。

あまりにも非現実的な光景を、現実逃避しながらぼんやりと見つめた。

7　元錬金術師は逃げられない

「うわぁあん、ノア様ぁ！」

ウサギ耳の少女、アニラが泣きながら抱き着いてくる。メイド服のスカートが汚れるのも構わずに膝をついて。

（アニラ……）

気がつけば張りつめていた緊迫感は消えていて、襲ってきた男たちは地面に倒れ伏していた。

トルネリアは警戒して距離を取っている。

一瞬にして場を制圧したヴィクトルとニールの二人から。

アニラに抱き起こされながら、ぼんやりと考える。

どうして三人がここにいるのだろう。ヴィクトルは視察中、ニールはその供、アニラは侯爵邸で掃除中のはずなのに、と。

「拘束しろ」

「はい」

ヴィクトルの短い指示を受け、ニールはすぐに気絶した男たちの腕を縛り始める。手慣れた鮮やかな手つきで。

ああ、そういえば。

先ほど人間に空を舞わせたのはヴィクトルだった気がする。

いったいどういうことだろう。

部屋に残してきた置手紙を読んで探しに来てくれたのだとしたら、いくらなんでも早すぎる。まだ半日も経っていないはずなのに。

思考が働かない。頭が痛い。

「ノア様、血が」

血が顔を伝って服に垂れ落ちていく。

アニラがきれいな布で傷口を押さえてくれた。

頭を打ったせいか、血が流れ出ているせいか、現実逃避したいからか、ぼうっとして考えがまとまらない。

ヴィクトルがノアの前に膝をつく。

「まさか、本当なのか」

声に微かに含まれた動揺が、置手紙を読んでいることを示唆《しさ》していた。

おそらくアニラが発見し、すぐにヴィクトルに報告しにいったのだろう。そしてアニラの耳とニールの嗅覚で、ノアの場所を特定したのだろう。

侯爵邸の人間は有能だ。こんなにすぐに目標を見つけ出してしまう。

嬉しいようで悲しい複雑な心境だった。自分自身が何もかも悪いからこそ。

顔を覗き込んでくる青い瞳から目を逸らしたくなる。逸らせない。

ヴィクトルはノアの錬金術をよく知っている。

怪我をしているのに治さない理由、治せない理由なんてひとつしかない。

「あなたに嘘はつかない」

自分の声とは思えないほど、力のない掠《かす》れた声だった。

「迎えか。よかったではないか」

様子をうかがっていたトルネリアが、危険はないと判断したのかノアのところへ歩いてくる。

頭にそっと手が触れたかと思うと、心地いい熱が流れ込んでくる。それだけで、痛みが溶けるように消えた。

出血も、頭の中に響いていた痛みも。

「痛くない……」

目を瞬かせ、トルネリアを見上げる。

「トルネリア、治してくれたの？」

「まあこれくらいはな」

ヴィクトルの目元が安堵に緩む。しかしノアの言葉を聞いて、眉根がわずかに寄せられた。

（やってしまった……）

トルネリアの名前を自然に呼んでしまった。

ヴィクトルには偽造金貨の容疑者としてトルネリアの名前をしっかり伝えているのに。状況を説明するべきなのだが、まだ頭も口もうまく働かない。

ヴィクトルはノアの前に膝をついたまま、トルネリアを見据える。

「あなたは錬金術師なのか」

「ふふん。崇め奉れい」

得意気に胸を張る。

「まあそやつをあんまり責めないでやってくれ。知らぬ病は不安にもなるじゃろう。だがその病は他人に感染するものではない」

「病だと？」

隠していた病気をあっさりとばらされる。親切で言ってくれたのだろうが、冷や汗が出てきた。

無意識に症状が出ている腕を庇《かば》うような動きをしてしまったのか、ヴィクトルに手首を押さえられ、袖をまくられた。

部分的に硬質化した皮膚が、白日の下にさらされて、きらきら光る。

「これ、は……」

言葉を失う。

アニラも、男たちを拘束し終えたニールも同じ表情をしていた。

離れで眠るヴィクトルの妹、ベルナデッタと同じ病ではないかと危惧している表情。そしてそれは正解だ。

「この病気を知っているのか」

鋭い視線がトルネリアに向けられる。

「知っているも何も、我が一族がつくった病だ」

「………」

沈黙が怖い。

しかしトルネリアは臆する様子もない。むしろどこか誇らしげに言葉を続ける。

「我が一族は代々病と薬をつくってきた。貴族にも顧客はいたし、暗殺に使われることもあっただろう由緒ある病だ。その病の名は人形病。進行すればやがて人形のように全身が固まる」

「治療法はあるのか」

トルネリアは大きく頷く。

「我が一族の病は、我が一族が治せる。もちろん対価は払ってもらうがな」

「対価とは」

「ちょ、ちょっと待って。対価は私が払うから」

「お主は頼りない。支払い能力のありそうなもののほうに吹っ掛けるのが礼儀だろう」

返す言葉もない。確かに錬金術の使えない錬金術師なんてただの無能だけれども。

「対価は、そうだな」

トルネリアは楽しそうに考え込む。色とりどりのケーキの前でどれを最初に食べようか、とか考えているような顔で。

(侯爵邸への侵入とは言わないでほしい)

気まずさでどうしたらいいかわからなくなる。

「我の大切なものを盗んだやつを捕まえるのに協力せよ。この街にいるのは間違いない」

心配は杞憂《きゆう》に終わった。ノアへの要求よりもグレードアップしている気がするが。

これが支払い能力の差か。世知辛い。

「わかった。その者の特徴は」

「それはわからん。ただ、そやつの近くにいるのは間違いない」

細い指先がノアに向く。

「私の？」

「でなければ感染させられん」

そんなことを言われても心当たりはない。ノアがこの街で過ごした時間は短い。顔見知りは多いが、こんな悪意ある行動をされるようなトラブルを起こした覚えはない。

無差別に感染させようとしている悪意に巻き込まれた、と言われたほうがずっと納得できる。

「あともうひとつ。侵入を試みている場所があるのだが、守りが固すぎて難しい。お主らは腕が立ちそうだ。手伝ってもらおうか」

「あ、その、それは――」

トルネリアを止めようとするがヴィクトルに口を塞がれる。これ以上余計な口を挟むなとばかりに。

横暴だ。圧政だ。

「この街を治める侯爵の家だ」

「わかった。その条件を飲もう」

そうして、ノアの家出はあまりにもあっさりと終了することになった。

8　元錬金術師と侯爵と

「では、我が家に案内しよう」

ヴィクトルはそう言って立ち上がり、ノアの手を取る。引っ張られてノアも立つと、そのまま片腕で抱き上げられた。

「ひえっ？」

思わずしがみつき、慌てて離れる。下りようとしても足をしっかりと固定されてうまく降りられない。

「お、下ろして。自分で歩けるし、逃げないから」

耳元で言っているのに聞こえていないかのように無視される。

倒れた拍子に泥まみれになっているから服が汚れる。

重い。邪魔になる。

そして何より恥ずかしい。

さまざまな感情で頭がぐちゃぐちゃになっている間に、ニールは男たちの手と足をくくって廃墟のひとつにまとめて入れていた。きっとこの後は牢屋に直行だろう。

それらが終わると何事もなかったかのような顔で、落ちていたノアの鞄とトルネリアの背負っていた鞄を持つ。

そもそもどうしてこんなことに。

今度は黙っていなくなったわけではない。ちゃんと手紙も書いた。

『錬金術が使えなくなりましたので旅に出ます。探さないでください』

簡潔に、理由も今後のことも探さないでほしいということも書いた。不義理はしていないはず。

それでも、心配や迷惑をかけてしまっていることは事実だ。

だからもう抵抗するのは諦めた。抵抗したところで逃げ切れるとは思えない。

猟師に捕らわれた哀れな獲物の気分だった。

「で、この男はお主の男なのか？　いったい何者じゃ？」

担がれたノアを見上げながらトルネリアが興味津々で聞いてくる。

「ヴィクトル・フローゼン。彼女の婚約者だ」

「ほぉう、婚約者」

トルネリアの目が輝く。きっと、きっちり対価を回収できそうだとか考えている。

続けて表情が変わる。青ざめて引きつる。

「フローゼンだとぉ！」

驚愕の声が青く晴れ渡った空に響いた。

##

「おかえりなさいませ、我が君。皆様もご無事で何よりです」

やわらかく落ち着いた声が、侯爵邸の玄関ホールから響く。

侯爵邸の新しい男性使用人が爽やかな笑顔で立っていた。犬によく似た耳を持つ黒髪の獣人で、人当たりの良い青年だ。名はクオン。どんな経緯で雇うことになったのかはノアは知らない、ヴィクトルに崇拝に近い気持ちを抱いている。この街に住む獣人は大小に違いはあれど同じ傾向があるので珍しいことではないのだが。

「変わりはなかったか」

「はい、何も」

「各門の警備を通常体制に戻すように伝えてくれ」

「仰せのままに」

ヴィクトルの肩の上でぐったりと倒れながら、クオンとのやり取りを絶望的な気持ちで聞く。

それにしても、担がれているだけでここまで消耗するなんて。

結局ここまでこの格好で街中を歩いてきた。

ずっと目を閉じていたので街の人々にどんな目で見られていたかはわからない。考えたくもない。

ちなみに既に領主を往来で跪《ひざまづ》かせた女として有名なのだが、それはもう忘れることにしている。

「さて、トルネリア嬢。次の要求は？」

素直についてきたものの所在なさげなトルネリアに問いかける。

「いい加減に離してください……」

ノアのささやかな要求など聞き届けられるはずもなく。

トルネリアは、無邪気な笑顔を浮かべた。

「うむ、そうじゃな。まずは食事じゃな」

「ニール。アニラは彼女に部屋を」

短く命じて、奥の階段に向かう。

助けを求めようにも、誰も目も合わせてくれなかった。

ヴィクトルの部屋はノアの部屋の隣、主人の間になる。

この部屋の中に入るのは初めてだ。まさか抱きかかえられてはいることになるとは思わなかった。

白と灰色でまとめられた飾り気のない実用性重視の部屋。部屋の主人の存在を感じられるのはベッドのサイドに置かれた数冊の本くらい。正に寝るためだけの部屋だ。

無言でここまで運ばれて、無言で椅子の上に下ろされる。

前に立たれれば逃げ場などない。既に腰が抜けているので逃げられるはずもなかったが。

いよいよ怒られる。

覚悟はできていても身体は緊張で硬くなる。

何を言われても、何をされても、いまのノアには何もできない。

「体調はどうだ」

「え？」

想像していたよりずっとやさしい声で、労わる言葉をかけられて、戸惑う。

目を瞬かせて顔を見つめると、怒っているどころか、むしろこちらを気遣う表情をしていた。

「数日前から疲れているようだったが、まさか……」

言葉を濁す。

まさかベルナデッタと同じ病気だったなんて、ヴィクトルは想像もしていなかっただろう。

胸がずきりと痛んだ。

そして改めて思い返してみれば、確かにここ数日体調が悪かった。

いつもより疲れやすくなっていたし、微熱もある気がする。それらも病気の症状だと考えるべきだろう。自覚をすれば、身体は更なる不調を訴えてくる。

か。


(気づかなかった……)

非常に情けない話だが、自分自身の体調を把握していなかった。

もしかして、ここまで一切下ろしてくれなかったことも、体調を心配してくれてのことなのだろうか。

何も言えないままでいると、ヴィクトルはノアの前に片膝をついた。

「怪我のほうは」

「それは平気。トルネリアが治してくれたから」

頭痛も、出血ももうない。トルネリアの医療系錬金術は手慣れたものだった。彼女は人を癒やすことに長けている。ノアもトルネリアと同じ系統を学んでいったから、よくわかる。彼女は能力のある錬金術師だ。

「私が武器を持っていなかったのは、あの者たちにとっては幸運だったな」

独り言のように呟く。ヴィクトルが何かしら武器を持っていたら、あれぐらいでは済まなかったということだろうか。

彼らはどうなったのだろう。今頃牢屋の中だろうが、トルネリアが言ったように悪い薬の中毒になっているのだとしたら、薬の経路なども調べておきたいところだ。トルネリアの誘拐事件も。

(あ……)

その時やっと、ちゃんと礼も言っていなかったことに気づいた。

「ごめんなさい……助けてくれてありがとう」

駆けつけて助けてくれたのに。

アニラとニールにもあとで礼を言わなければ。仕事を放り出して来てくれた。そんなことにも気づけなかったなんて。

(でも、どうして)

どうして探しに来てくれたのだろう。錬金術が使えなくなったことは伝えたのに。あんな短い手紙ひとつでは納得できなかったということだろうか。

ノアはジャケットを脱ぎ、シャツの袖をまくり上げて、腕を出す。

硬質化し始めた肌が、鱗のようにきらきらと輝いていた。

「錬金術を使おうとすると身体が——たぶん、導力回路が痛くなって、症状が進行するの。病気が治ればまた使えるかもしれないけど……」

治るという確証はなく、以前と変わらず錬金術が使えるようになるかもわからない。トルネリアを信じていないわけではないが、これればかりは経過を見てみなければわからない。

ヴィクトルの表情が陰る。

どうしてそんな悲しそうな表情をするのかがわからない。胸が締めつけられ、感情が混乱し、言葉が出てこない。

「……何故、何も言わずに出ていった」

「……ごめんなさい」

謝ることしかできない。

わかっている。何も相談もせずに、短い手紙一通だけで家を出たのは、無責任な人間のすることだと。医療系の錬金術師だった身としても最低な判断だ。ちゃんと話をして、他に感染者はいないか、治療法はないかを調べるべきだった。身の振り方を決めるのはその後でよかった。

それでも。

「知られたくなかった……」

顔を深く伏せる。ヴィクトルの顔を見ることができない。

「だって、錬金術師でない私には価値はないでしょう」

鉛のように重たい言葉を無理やり紡ぐ。

「人を治すことも、あなたを守ることも、薬の研究だってできない」

ヴィクトルはかつて言っていた。ノアを利用しようとしていると。

彼にとって利用価値があったからこそ、ここにいることができた。

利用価値がなくなったら、いてはいけない。

ましてや錬金術のないノアには何もできない。ここにいても、ただの邪魔者にしかならない。

そんな姿を見られたくなくて、だから誰にも言わずに家を出たのに。

どうして。

どうしてまだ病気すら治っていないのにここにいるのだろう。何もできない自分が、何故——。

王太子の婚約者ではなくなったエレノアールからは、多くの人が離れていった。家族も友人も。

幸運にも錬金術の才能があったエレノアールは、師に見出されて錬金術の道に進むことができ、国にも認めさせることができた。それすら、なくなってしまったら。

(存在価値がない)

ここにあるのは暗闇だ。ただの虚ろな闇。

強く抱きしめられる。

大きな身体の感触が、伝わってくる熱が、髪のにおいが。

いまここに、この場所、この時に、自分が存在することを教えてくれる。

「ノア」

それはこの時代で錬金術師として生きていこうと決めたときの名前。

耳元で響いた声に、身体が、心が揺さぶられ、思わず強く目を閉じた。

この熱をもっと感じたい。この虚をもっと埋めてほしい。手が、指先が、縋るように背中に触れる。

腕の力が強くなる。苦しいほどの抱擁が身体に刻まれる。

「ノア。私は、錬金術師のあなたに恋をしたのではない」

——言葉は魔法だ。

頭の中が真っ白になって、何も考えられなくなっても。

身体が熱くなる。

触れ合っていた部分が離れても、言葉の熱が身体を、心を焦がす。

青い瞳から目を逸らせない。

身体が動かない。いま息はできているのだろうか。

熱が上がり、気絶しそうなノアの肩に、ヴィクトルの手が掠めるように触れた。

「いまは休んでいろ。必ず助けてみせる」

立ち上がり、どこかへ行こうとするヴィクトルの袖を思わずつかむ。

逃げ出したい。向き合いたい。

矛盾する感情がぶつかり合って、混ざり合って、何も考えられない。

「ヴィクトル、私は——」

何を言おうとしているのかもわからない。

それでも、溢れ出してくるこの気持ちを止めたくはなかった。

息がうまくできない。

目元が熱い。

「私は、あなたと——」

感情をただ言葉にしようとした刹那、激しい爆発音が窓を揺らした。

第四章　燃え上がるもの

1　サラマンダーの火

空気が爆ぜた激しい音が、部屋を揺らす。窓を、床を。身体を。

混乱する頭で状況を確認しようとする。

「爆発……？」

いったいどこで、何が？

響いた衝撃からしてかなり近い小規模な爆発か、もしくは遠くの大規模な爆発。

（爆発……まさかね）

トルネリアが起こした爆発が一瞬だけ頭をかすめる。

「ここを動くな」

ヴィクトルはノアを椅子に押しとどめる。ノアを部屋に置いて、ひとりで外へ行こうとする。

胸に生まれたのは、どうしようもない焦りだった。

「私も行く！　応急処置ぐらいはできるわ」

足手まといになるかもしれない。けれど、錬金術がなくても応急処置くらいはできる。人間の身体の構造はよくわかっている。何年も人を治し続けてきたのだ。

すぐ近くで非常事態が起きているのに安全な場所で待っているなんてできない。

ヴィクトルは一瞬だけ迷うような表情をしたが、すぐに険しい表情に戻る。

「絶対に傍を離れるな」

頷き、ヴィクトルの後について部屋の外に出る。廊下には炎の匂いが燻《くすぶ》っていた。

だが近くで炎が燃えている気配はない。一階に下りると、緊迫した表情のニールがいた。怪我をしている様子はない。両手には剣と槍を持っていた。

「旦那様、東館のほうで異変が」

東館は客室がある棟だ。

ヴィクトルはニールから剣を受け取り、玄関の扉を開ける。

濃い炎の匂いが鼻を衝く。

雲一つない青い空の中、東館の端のほうから黒い煙が立ち上っているのが見えた。

足音がして後ろを振り返ると、トルネリアが青い顔をして追いかけてきていた。

「わわわ我ではないぞ！」

ノアの顔を見て、動揺を露わにして叫ぶ。

「いきなり近くで爆発したから焦ったわ！　あそこの壁を見ろ！」

指さしたのは黒い煙の中。立ち込める煙の中、石壁に張りつくようにそれはいた。

二階の高さのところにいたのは奇妙に大きな蜥蜴《とかげ》。人間の子どもほどの大きさのある、赤い岩肌のようなそれが、丸い眼をくるくると動かし、ぬるりと尻尾を動かす。

「サラマンダー？　どうしてここに」

信じられない気持ちで名前を口にする。

「知っているのか」

ヴィクトルに向けて頷く。

サラマンダー。炎の精霊とも呼ばれていた火蜥蜴。

三百年前は王国でも何度も出現報告があった生物だ。

見慣れた顔でもある。ノアが見たのは、捕獲され素材となった後の顔ばかりだったが。

特性は体内に溜めた液体ガスを気化させて口の着火装置で点火し、火炎球を吐くこと。

「火球を吐くけれど、口を開かせさえしなければだいじょうぶ」

顎を固めれば簡単に無力化できる。もしくは首を落とせば退治できる。

火災を起こすのは厄介だが、本体はやわらかい。生物としての驚異度は高くない。

問題は、どうしていまの時代に、そしてこの場所に存在するかということだが。

この時代には昔にいたような危険種はいない。おそらく、王国が帝国に滅ぼされた辺りの時代で多くが絶滅したのだろう。

しかしそれがいまここにいる。

もしも旧王都近くの森で生き延びていて、たまたまこの城郭都市にやってきたという可能性もなくはないが、それならここに来るまでに騒ぎになっていてもおかしくはないはずなのに。

まるで、虚空から突然湧いたとしか思えない。

考えられるとしたら。

大昔に亜空間に保管したものを解放した、というところだろうか。ノアの持つポーチには生物を入れたことはないが、おそらく理論上は可能だ。

だとしたらいったいどこの誰が。

(考えるのはあと)

いまのノアにはゆっくり考える余裕はない。

サラマンダーはひたひたと壁を這い回る。そして、くるりと振り返り、周りを取り囲む人間たちに顔を向けた。

左右に大きく裂けた口がぱくりと開く。赤い口腔内に火の気配が見えた。

――また、爆発が来る。

ぞわりと背筋が冷たくなる。

太陽のように眩い火炎の塊が、こちらに向けて吐き出された。逃げたところで爆発の影響からは逃げきれない。

大火傷をするよりはただ痛いほうがいい。

防壁をつくろうとした刹那――

「ふん!」

トルネリアの声と共に、空中で大きな爆発が起こった。

(相殺《そうさい》した?)

爆発に爆発をぶつけて、地上ではなく空中で破裂させた。吹き荒れる爆風から顔を守りながらそう理解する。

髪が大きく煽られる。立っていられず後ろに転ぶ。

サラマンダーはどうしているのか。舞い上がる粉塵《ふんじん》の中で目を凝らしたその時、口の中に槍が吸い込まれていくのを見た。

まるでそうなるのが運命だったかのように。

ヴィクトルの投げた槍が、風を切り裂きサラマンダーの喉を破り、石を打ち砕く音と共に壁に突き刺さる。

首を壁に縫い留められたサラマンダーの身体が、だらりと垂れ下がる。

ぶらぶらと尻尾が振り子のように揺れていた。

ぼんっと大きな破裂音と共に頭部が炎に包まれる。炎は瞬く間に頭を、喉を、首を焼き。

首が千切れ身体が下へと落ちてくる。

サラマンダーが地面の上で跳ね、その衝撃を合図にしたかのように身体の内側から炎が爆ぜる。

体内の液体ガスに引火したのか、サラマンダーの身体は燃えに燃えた。それこそ火の精霊のように炎に包まれ、黒い消し炭となった。

肉の焦げる匂いが辺りに充満する。

絶命したサラマンダーの黒焦げの身体が、出来の悪いオブジェのように壁際に転がっていた。

「火事になったら洒落《しゃれ》にならんところだったな」

トルネリアが一息ついてから、そう零す。

（そういえば……暇だったときに建物を強化したから、そのおかげかも）

研究をしているといつ爆発を起こすかわからないから、研究場所は壊れにくいように補強するようにしている。

これはノアだけの習慣だけではなく、錬金術師なら当然の備えだ。王国にあった研究施設も同様。そのおかげで、三百年という時間と戦火を経ても、研究施設も王城も崩壊していなかった。

そしてそのおかげで火事を免れたのだとしたら、過去の自分に拍手を送りたい。

「トルネリア、ありがとう」

「な、なんじゃいきなり」

戸惑い、訝しみながらノアを見る。

「あなたのおかげで誰も怪我をしなかった。本当にありがとう」

「我は何もたいしたことは……」

顔が赤い果実のようになっている。

「私からも礼を言わせてほしい。あなたのおかげで皆が守られた」

ヴィクトルからも言われ、トルネリアの顔はいよいよ茹で上がったように真っ赤になった。

「ととと当然のことをしたまでだ。あのままだと我も危なかったからな。それに、止めを刺したのは侯爵だ。ああもう疲れた！　我は休むぞ！」

2 侯爵邸の後片づけ

爆発の余波も収まったころ、防衛隊の兵士たちが隣の本部から駆けつけてきた。

既に原因と思われる存在は退治されていたため、兵士たちにはそのまま後片づけの任務が与えられた。サラマンダーの黒焦げ死体も早々に片づけられることになった。錬金獣やらキメラやらミノタウロスやらと対峙してきた人々なので、巨大蜥蜴の黒焦げ死体くらいでは動じない。

「失礼します。お客様がいらしています」

兵士たちに指示を出し終えたタイミングで、クオンが客人を連れてやってくる。

「お屋敷の周りで迷っていらしたようですので、お連れしてしまいました」

人当たりのいい笑顔に連れられてきたのは、怯えた様子の白衣の男性だった。

「ライナスさん?」

ノアの薬屋を手伝ってくれているライナスが、かわいそうなくらい身を小さくしていた。

場の空気に飲まれてしまっているのか、完全に萎縮してしまっていた。

「すみませんすみません、ノア様にご相談があったんですが、すみません、急ぎではないので出直します……」

「相談?　どんな?」

店や患者についての相談は何度も受けたことがあるが、侯爵邸までライナスが来たのは初めてだ。

それにしてもタイミングが悪い。

爆発騒ぎが起こったばかりの時に周りをうろついていたら、犯人と関わりがあると疑われても仕方がない。

クオンは確実に疑っているだろう。

ヴィクトルの雰囲気からは何も読めないが、警戒していることは間違いない。

「いえ本当に、急ぎではないので。また次にノア様が店に来られた時で」

「差し支えなかったら言ってみて。考えておくから」

「お客様から惚れ薬がつくれないかと相談があって」

「ん〜〜」

予測不能だった言葉が飛んでくる。それはまた難解な相談だ。

理論的にできなくはないだろうが、倫理的にどうなのだろうか。

「わかりました。一応考えておきます」

「ありがとうございます。あと……最近ノア様の体調がすぐれないようなので気になって。それで、近くまで来たついでに立ち寄ってしまったんです。お忙しい時にすみません」

いくら彼が医者とはいえ、ライナスにも伝わっていたなんて。そんなにあからさまに体調不良だったのだろうか。

ノア自身は気づいていなかったのだが。

「ありがとう。少し疲れていたのかも」

本当は病気のせいなのだが、いまの段階ではライナスには言いにくい。

「今日は無理だけれど、明日にでもまた顔を出すから」

「ありがとうございます。ただ、くれぐれも無理はなさらないでください」

ライナスはそう言って、足早に帰っていく。まるで逃げるように。

「──捕らえなくてよろしいのですか？」

クオンが主人に伺いを立てる。完全にライナスが怪しいと踏んでいる。

「証拠はないのだろう」

「ええ、残念ながら。僕が見たのはただうろついていた姿だけです」

穏やかな顔だが目が笑っていない。

「それでは僕は失礼します。アニラさんのお手伝いをしてきますね」


クオンと入れ替わりで、兵と爆発現場の確認をしていたニールがやってくる。

「被害状況は」

「はい、怪我人はいません。壁の表面には煤《すす》がついていますが、本体は無事のようです。窓が割れた場所が三か所と、芝生の一部が焼けたくらいですね」

ニールは得心が行かないといった表情で報告する。

爆発の規模、そして火にあぶられて黒煙が立っていた割には、被害が少なすぎるという表情だ。

ヴィクトルの視線がノアに向く。見当がついているような表情で。

流れるように目線を逸らす。

研究実験中に爆発する恐れがあるので暇なときに強化していたなんて言いにくい。そんな危険な研究をするなと言われそうで。旧王都の錬金術研究施設を目にしているヴィクトルなら予想はついているかもしれないが。

「あと必要なのは、あの槍の撤去と修繕くらいでしょうか。足場を組む必要がありそうです」

「わかった。手配を頼む」

##

侯爵邸の中に戻ったノアは、まず泥だらけだった身体を風呂できれいにすることにした。髪についた煙の匂いも落とし、室内用のドレスに着替える。メイドのアニラは大変忙しいため自分で着替えを済ませる。

その後は休んでおくようにと言われたが、いつの間にか中庭の薬草園に来ていた。

薬草園の手入れに休みはない。枯れた葉を摘んだり、摘芯《てきしん》したり、収穫をしたり。することは毎日たくさんある。

なんだかんだで導力を使わずに済んでいるからか、体調はかなり安定してきている。元気な状態で休んでいるといろんな考え事をしてしまいそうで。身体を動かせる薬草園の手入れはいまのノアに向いていた。

それでも、無心に作業をしていても、考え事は内から次々と湧いてくる。

病気のこと。サラマンダーのこと。トルネリアのこと。

そして何よりノアを悩ませるのは、ヴィクトルに言われた言葉が不意に思い出されて、そのたびに顔が熱くなることだった。

（ああ、まただ）

頬を押さえて薬草の間でしゃがみこむ。立っていられない。

――言葉は魔法だ。何度だって威力を発揮する。

これは熱冷ましの薬が必要かもしれない。効くかどうかはわからないが。目が自然と熱に効く薬草を探してしまう。

（それにしても惚れ薬の相談かぁ……）

持ち込まれる相談事の中には次に開発する薬のヒントになるものも多々あるが、このパターンは初めてだった。

理論的にはきっと可能だ。興奮する物質を出させて恋と勘違いさせたり、好まれる香りを調香したり。どちらかといえば、ノアが王国の国家錬金術師だった時に同僚だった白のグロリアの得意分野だろうが。

（そういえば最近見てないな）

ノアが黒猫の姿に変えてしまったグロリアは、最近はまた旧王都のほうに入り浸っていて調査員に可愛がられているらしい。

ノアとしても錬金術を使えなくなった姿を彼女に見られるのは困るので、好都合ではあったが。

グロリアなら、惚れ薬なんて面白そうなもの大喜びでつくるだろう。むしろつくった経験がありそうだ。

(もし、本当に惚れ薬があったとしても、そんなものはきっかけに過ぎないでしょうね)

きっと。恋が続くかどうかは本人たちの努力次第だ。どんなに整った舞台が用意されても、続かない時は続かない。破綻する。

それに、薬で気持ちを操るというのは倫理的にどうなのだろう。

(許可が下りない気がする)

おそらく、絶対、ここの領主は許可しない。

3　トルネリアの家業

「いい畑じゃな」

薬草の間でしゃがみこんでいたノアの後ろから、トルネリアの声が響く。

よほど深く考え事をしていたのか、まったく気づかなかった。弾かれるように立ち上がって振り返ると、得意満面の少女が立っていた。

「我が家の庭のほうがすごかったがな。それはもう見事なものじゃったのだぞ」

「へえ、見てみたいな」

「もうない」

表情を変えず言葉を続ける。

「すべて燃やした。家も庭も」

声は硬い石のようで。

返す言葉が見つからない。

いつの間にか西の空は赤く染まっていた。冷えてきた風が肌に触れ、薬草を、髪を、服の裾を揺らしていく。

夕陽の中、トルネリアの白い髪がほのかに赤く染まって、さらさらと緩やかに踊っていた。

「……いまはどうしているの」

「錬金術師というのはな、生きるのには苦労せんのだ。万物を理解し変化させられるからな」

「うん」

とても便利な力だ。使えなくなるまでは、ここまで依存していたとは思わなかった。

トルネリアはノアと違って風呂に入っていないはずなのに、髪にも肌にも服にも一切泥などついていない。この錬金術の腕前なら、快適な旅が約束されているだろう。

「驚きが少ない！」

「そんなことを言われても」

怒りのポイントがよくわからない。

トルネリアは肩を上下させて、大きな大きなため息をついた。

「お主は変わっておるな」

「そうかな」

首を傾げて苦笑すると、「ふん」と鼻を鳴らす。

「侯爵の婚約者だというが、我には遠き国から来た旅人が立ち寄っただけに見える。お主は、綿毛のようにふわふわしておる」

呆れ声は深く心に突き刺さった。

（綿毛……）

この時代で心機一転自分なりに頑張って生きようとしているのに、他人からはそう見えてしまうのだろうか。風に流されるままふわふわと飛んで行ってしまう存在に。

「綿毛でも、いつか根を張りたいとは思ってる……よ？」

魂の根は三百年前に張られているままかもしれないが、この時代で生きていく決意に変わりはない。願ったとしても時を戻ることはできない。

「はっきりせん奴じゃのう。侯爵のほうに同情するわ」

「うう」

刺さる。言葉が刺さる。

「まあいい。お主とこんな話がしたいわけではない」

トルネリアの瞳が剣呑《けんのん》に輝く。鋭く研がれたナイフのような眼差しが、ノアを見据えた。

「侯爵と話がしたい。取り次いでくれ」

「どのような用件だろうか」

「ぎゃあ！」

悲鳴を上げて飛び上がる。

いったいいつからそこにいたのか、トルネリアの背後にヴィクトルが立っていた。

「しし、しししし心臓に悪い！」

怒って叫ぶ。牙をむいて毛を逆立てる猫のように。

気持ちはよくわかる。

「ああ、すまない。声をかける機会を逸してしまってな」

「……お主、見目は良いが性格は悪いな」

気持ちはよくわかる。

トルネリアは気を取り直すように咳払いをして、凛とした立ち姿でヴィクトルを見上げた。

「侯爵。ここに、ノアと同じ病のものがいるじゃろう。会わせてくれ」

「どこでそれを？」

驚いた様子はなくただ確認のために訊く。

「メイドに聞いた」

アニラだ。ノアの病を治せるのなら、ベルナデッタの病も治せるのではないかと思ったのだろう。

アニラの切なる気持ちを考えると胸が痛んだ。

「わかった。案内しよう」

離れへ向けて歩き出すヴィクトルに、トルネリアが戸惑いながらもついていく。

(これは、ついていくべき?)

いまの自分が干渉していいものか。迷って動けずにいると、トルネリアが心細そうな顔でちらっと見てきた。

##

「ああ。これは確かに、ノアと同じ病だな」

ベッドで眠るベルナデッタを一目見て、トルネリアは断言した。

「この病気はいったいなんなの?」

トルネリアの一族がつくった病とは聞いた。名は人形病ということも。

身体が硬質化する病は、おそらく導力回路から進行していく。錬金術師でなくても、導力を使えなくても、導力回路自体は誰もが持っている。血管のように全身に張り巡らされている。

それらから硬質化していくのだとすれば、導力を使おうとするたびに痛むことにも、進行していくことにも納得がいく。

「……我が家系は代々毒と薬を売って暮らしてきたことは言ったな」

ベルナデッタの姿を見つめたまま言う。

「ええ」

「商品の中には身体をガラスの人形のようなものに変える毒もあるし、かつてそういうものを欲しがる悪趣味なコレクターがいたのだ。人形伯とか呼ばれていたか」

それはまた悪趣味な話だ。

「四、五年前か。めずらしくそれが売れたことがあってな。この娘はそれを使われたのだろう」

——何故？

訊いてもトルネリアには知る由もない事だろう。

ベルナデッタは美しい。その完璧な美しさを永遠に留めたいと思った馬鹿がいたのか、フローゼン侯爵家への政敵からの攻撃か、それとも不幸な偶然か。

動機は犯人にしかわからない。

「そしてノア、お主も同じ毒にやられた。誰に盛られたか心当たりはないのか？」

「そんなこと言われても……」

犯人にも動機にも心当たりがない。ノアを病気にして誰が得をするというのか。

関わりのある人物を思い返そうとしても、多すぎる。

アリオスで暮らすようになってからは、多くの人と関わることになった。

侯爵家の人々、役所の人々。

旧王都の調査隊。街の医療関係者や、薬事業の仲間。

皆、善良な人々だ。本音を言えば誰ひとり疑いたくはない。

「ええい、ふわふわしおって」

トルネリアはノアの心を読んだようにため息をついた。

「己の命がかかっているのに悠長なものよ」

（そんなこと言われても……）

焦ったところで心当たりを思いつくわけでもなく。

「私のことはともかく……ベルナデッタ様のことも治せるの？」

「死人を治してどうする。生き返るわけでもあるまいし」

はっきりと言い切る。当たり前のことを当たり前のように。

「治せないの？」

「……こうなってしまっては治しようがない。諦めるのだな」

――死者は生き返らない。

何度も繰り返してきた言葉を、心の中でまた繰り返す。

ヴィクトルのほうを見ることができない。彼はいつだって妹の回復を願っていた。

「トルネリア嬢。毒を売った相手とはどのような人間だった？」

いままで黙っていたヴィクトルが口を開いた。

「そんな記録残していない。それに、売った相手と使った相手が同じとも限らん。誰かに譲った可能性もあるしな」

「なるほど。そのとおりだ」

気分を害した様子もなく頷く。

しかしノアにはわかった。凪いだ水面のように落ち着いた表情の下で渦巻いている怒りが。家族をこのような目に遭わされたのだ。その怒りと悲しみは何年経っても消えるはずがない。

「そろそろ教えてもらいたい。盗まれたものとはいったい何なのか」

「血だ」

紅い瞳に炎を宿して、吐き捨てる。

「母を殺して奪った血。それを持つものがこの街にいる」

――血には魔力がある、と言われている。

ノアから見えれば血はよくできた人体の一部だが、血に魔力が宿ると考える人間は多い。

「最初は、侯爵が犯人かと思っていた。母を殺した下手人はフローゼンという言葉を残したからな」

トルネリアは自嘲気味に笑い、小さく頭を振った。

「復讐するつもりだったのだが、違ったな。ここは匂いがしない。お主に罪を着せるための工作だったのだろうな。恨まれておるな」

「納得してもらえたならよかった」

濡れ衣を着せられかけていたのに動揺する様子はない。

(家を燃やしたって言っていたのは……)

犯人を必ず見つけるという決意だろうか。

トルネリアは母を失い、家を焼いて、ここにいる。幼い少女が復讐心を胸に抱いて。

「お母上のことは気の毒だった。しかし、犯人の動機がわからない。何故血を奪う必要があった？」

血に何かの意味があるからこそ、殺すだけではなくわざわざ血を奪ったと考えられる。血は体外に出るとすぐに変質する。保存するための準備が必要だ。

犯人は準備を整えたうえで、血を奪った。

その血に何らかの価値がなければ、そんなことをする理由はない。

トルネリアは苛立ったように眉根を寄せた。

「知る必要はない。侯爵は犯人を見つけ、我の前に引きずり出してくれればいいのだ。忘れるな。お主の婚約者を治せるのは我だけだということを」

「――ひとつだけ確認しておきたい。血が奪われたのはいつのことだ」

「二年前の今頃だ」

「なるほど、よくわかった。任せてもらおうか」

4 ワルツをうまく踊りたい

夕食後、書斎に向かう。ヴィクトルと話がしたかった。

しかし邪魔にならないだろうかという不安が直前に湧いてきて、扉をノックする前の姿勢で固まってしまう。やはりやめようかと踵を返そうとした時、扉が内側に開いた。

「待っていた」

ノアが来ることをわかっていたのだろうか。迎えられるままに中に入る。本とインクの匂いがした。

「話をしたそうにしていたからな」

心を読まれているのだろうか。

「何か飲むか」

「ううん、いまはいい。ありがとう」

ヴィクトルが座ったソファの隣に、促されて腰を下ろす。

いまさら何を緊張しているのか、鼓動が早く、強くなるのがわかった。

前のテーブルに視線を向け、積まれている十冊ほどの本を意味なく見つめる。帝国語の本だ。調べ物の途中だったのだろうか。

表紙に刻まれている単語が難しすぎて、いまのノアの帝国語のレベルでは理解できない。

自分の手をぎゅっと握り、意を決して青い瞳を見上げる。

「ヴィクトル、だいじょうぶ？」

「心配しなくても犯人はほどなく見つかるだろう」

「え、あ、うん。それも大事だけど……ヴィクトルはだいじょうぶ？」

ベルナデッタのこと。

トルネリアの母を殺した罪をなすりつけられそうになったこと。

特にベルナデッタのことは、かすかな希望を持っていたように思える。アニラと同じように。

もしかしたら治るのではないかと。治って、再び目を覚ますのではないかと。昔のように。

その希望を再び打ち砕かれて、傷ついてはいないかと気になった。

「そんな目で見つめられると抱きしめたくなるな」

思わず一番近くにあった本で顔をガードをすると、ヴィクトルは声を上げて笑った。

笑い声を聞いたのは、もしかしたら初めてかもしれない。本の陰から盗み見ていると、あっさりと本を取り上げられる。

「あぁ……」

ヴィクトルは本をテーブルの上に戻すと、ソファの背もたれに深く背中を預けた。

「正直なことを言えば……諦めの気持ちと、諦めきれない気持ちがある」

「うん」

青い瞳が映す憧憬は、ノアには見ることができない。

それでもそれがどんなに大切なものかは、なんとなくわかる。

「もちろん、あなたのことは諦めるつもりはない」

「う、うん」

「犯人捜しは難しくはない。最終的にはあなたと関わりがあった人間を全員連れてくればいい」

その光景を想像して悲鳴が零れる。侯爵で領主だからこそできる荒業だ。

「だがそんなことをすれば辿り着くまでに証拠品を捨てられかねない。あくまで最終手段だ」

できればそんな事態は来ないことを願う。

「十中八九、妹に感染させた人間と、あなたに感染させた人間は、同一人物もしくは共犯者だろう。同じ病を使ったのは理由があってのことだ。理由があって、あなたをわざと感染させた」

声は力強く、瞳には蒼い炎が燃えている。

怒っている。ヴィクトルはとても怒っている。

「その人間は、妹が感染した時期に帝都にいた可能性が高い」

「でもそんな人いっぱいいるでしょう?」

城郭都市アリオスは商業が盛んなこともあり人の出入りが激しい。帝国全土から獣人を受け入れていることもあって、帝都や他の都市からも獣人が移り住んでくる。

「妹は病弱で屋敷に籠もりがちだった。近づける人間は限られている」

不特定多数の人間と会わない生活をしていたのなら、接近できる人数は限られる。

「……家族か使用人か医者くらい?」

「その線が濃いだろうな」

ノアが思いつく中でその条件に当てはまるのは、ヴィクトルの従者であるニールと、薬屋を手伝ってくれるライナスくらいだ。あとはアリオスにいる医療関係者たち。

ニールがそうだとはとても思えない。

となるともう、医療関係者しかいない。信じがたいが状況がそう言っている。

「経歴を洗ってもう少し絞り込んでいくが、しばらくは医者には近づかないように気をつけてくれ」

「……うん」

人を治すことに使命感を感じている人々を疑うことは心苦しいが、解決するまでは仕方がない。

「話は変わるけど、トルネリアのことはどうするつもり?」

「あなたは人の心配ばかりだな」

今度は苦笑される。

ただ、いままでよりは随分肩の力が抜けたように見えた。

「すべてが終わってみなければわからないが、悪いようにはしないつもりだ」

トルネリアも錬金術師だ。ヴィクトルはトルネリアが爆発を起こしているのを見ているし、本人がそう言っていたのをおそらく聞いている。

この時代、錬金術師は貴重だ。そしてヴィクトルの政敵は錬金術師を抱えている。対抗するための手段としても、錬金術師を取り込んでおくことに越したことはない。使える手は多いほうがいい。

トルネリアにとっても、貴族の庇護があったほうがいいだろう。少し安心する。余計なお世話だろうが。

「そういえば、伝えるのを忘れていたな。旧王都の調査隊が面白いものを見つけたらしい」

「面白いもの？」

「王家の書庫だ」

「書庫……」

そこにはおそらく貴重な本や門外不出の歴史の記録などがあるだろう。

「貴重な歴史資料が見つかるかもしれない。興味はないのか？」

微妙な気持ちが表情に出てしまったのか、ヴィクトルが意外そうな顔をした。

「知っていることでも、知らないことでも、あんまり見たいとは思わないかな」

過去にするにはあまりに記憶が鮮明すぎる。そして王家とは関わりが深すぎる。

記録を見れば、その日その場所にいなかった自分を責めることになるだろう。

「ごめんなさい。変なこと言って」

「謝ることではない。あなたの心はまだあの時代にあるのだろう」

現実では三百年の時間が経ってしまっていたとしても、ノアにとってはまだ半年も経っていない。

「それでもいつかこの場所に根を張ってくれたらと、願わずにはいられないが」

この時代に、この地に、根を張り、生きて。

死ぬ前に何かを残せたら――……。

それはノア自身の願いでもあるかもしれない。

(よし)

新たな決意が胸に生まれる。錬金術が使えなくなったくらいで、病気になったくらいで、立ち止まっている暇なんてない。

「明日はお店のほうに行ってくるわ。ライナスさんも気になるし」

「話を聞いていたか?」

「もちろん」

勢いよく頷くと、ため息をつかれる。

「護衛をつける。絶対にひとりでは行動しないでくれ」

「うん、わかった。あと私、いまからワルツの練習がしたい」

家出するときに一番心残りだったワルツ。

もうあんな風に後悔するのは嫌なので、練習できるときに練習する。踊れないままなのは嫌だった。

しかし気合が成果に繋がるかと言えばそんなことはなく。

書斎の隅のスペースで、思い切りぶつけてしまった鼻を押さえていると、ヴィクトルの声が降ってくる。

「今日はここまでにしておこう」

肩の下に添えられていた手が離れる。

それを残念に思ってしまった表情を見られないように、うつむいたまま頷く。

「もしかしてだけど、前より下手になってない？」

「下手ではない。リズムも取れているし、ステップもできている」

そのあたりの復習は自分でできるので、こっそり行っていた。しかしふたりでとなるとこの有様だ。

「後はもう、信じてほしいとしか言えないな」

(信じては、いる、つもりなんだけど)

身体を預けられているかというと、返事がしにくい。

何故だろうと考えてみると、答えはすぐに思いついた。

手を重ねること、腕に触れること、身体に触れられること、そしてこの距離。

そのすべてを意識してしまって、反射的に逃げてしまおうとして。

その結果足を踏んでしまったり、身体がぶつかってしまっているのだと思う。

（そんなこと言えない）

恥ずかしくて言えない。

5　お義父様との外出

なんて人に護衛を頼むのか。

「おう、今日はお前の護衛だ。よろしくな」

「お義父様……よろしくお願いします」

筋骨隆々の老騎士、リカルド・ベリリウス元将軍、現士爵でありいまは義父に改めて挨拶をしたとき、強くそう思った。

なんて人に護衛を頼むのか。

「ほう、こっちの方はこうなってんのか」

晴れ渡った青空の下、リカルド元将軍と共に中央通りを歩く。

背負っているのは、刃のほとんどついていない鈍器同然の大剣。しっかりと手入れされていて錆びひとつない。腰には鞘に入った長剣。

どちらも大きな剣だが、持ち主の体格が良いこともあって大きすぎるようには見えない。ただし迫力は増している。威風だけで周りを圧倒しているほどに。

そのせいか、人通りの多さのわりに自分たちの周りからは人が少し離れて歩いている。

リカルド元将軍はアリオスに来て以来、防衛隊の訓練に明け暮れていてあまり街の散策には出ていないらしく、中央通りに来たのも初めてだという。

「獣人がこんな風に暮らしてるとはなぁ。ユーファにも見せてやりたかったなぁ」

「奥様ですか？」

「おう。俺みたいなのにはもったいない美人だったよ。馬みたいな尻尾が特に綺麗でなぁ」

深い愛情のこもった表情だった。

人の行き交う様子を眺める眼差しがとてもやさしい。

「あいつは昔からヴィクトル贔屓《びいき》で、ここにも来たがっていた。とうとう叶わなかったが」

「そうだったんですね。ぜひお会いしたかったです」

「喜んでるだろうなぁ。あんたみたいなお嬢さんが娘になってくれて、ヴィクトルと結婚するだなんて」

（結婚はしないです）

反射的に言おうとして言葉を飲み込む。この顔を見たらそんなことは言えない。

「それにしてもヴィクトルが自分で嫁を見つけてくるとはなぁ……あいつの嫁は大変だと思うが、何かあったら言えよ。お前はもう俺の娘だからな」

あたたかい笑顔に胸が痛む。

ますます結婚しないだなんて言えない。

（戦略婚約って話していないの？）

困惑する。元将軍のこの様子だととても話しているようには思えない。

この婚約はあくまでそばにいるための体裁のため。そもそも婚約のきっかけは、ヴィクトルが社交界で横に置いておく飾りが欲しかったから、それだけの仮の婚約だ。先はない。

他の人にならばともかく、義父を頼んだリカルド元将軍にまで話していないのは、さすがに不義理ではないだろうか。

無意識に拳をぎゅっと握る。帰ったら問い詰める。

そうしながら歩いている内に、目的地に近づいてくる。白壁の建物が見えてきた。

店は開いている。ライナスが開けてくれている。

「お義父様、あの白い建物が――」

遮るように響いた爆発音が、午後の平穏を破壊した。


立ち上る灰色の煙、粉塵、火の匂い。

石造りの建物が崩れ落ちる音と悲鳴。

爆発の現場に駆けつける。壁に大穴を開けて半壊していたのは小さな教会だった。集会が開かれておらず人はほとんどいなかったが不幸中の幸いか。

そして、炎に炙《あぶ》られ崩れ続ける壁の周りを大きな蜥蜴がうろついていた。

（また？）

昨日見たばかりの姿が、再び壁に張りついていた。

「こいつがサラマンダーか！」

リカルド元将軍は崩れ落ちたレンガを拾い、サラマンダーに投げつける。サラマンダーはそれをひらりと躱《かわ》して屋内に逃げ込もうとする。そこに二つ目のレンガが的中した。

衝撃で壁から落ちたサラマンダーに向かって、背中の大剣を手にして駆けだす。

地面に落ちたサラマンダーは素早くくるりと転がり体勢を立て直し、大きな口をリカルド元将軍に向けて開いた。

火球が、吐かれる。

「危ない！」

「でりゃあああああ！」

びりびりと震えるような大声と共に、リカルド元将軍は大剣を振り抜いて火球を真っ向から打ち返した。

（ええーっ！）

火球は炎とガスの塊。実体はないに等しい。それを剣で起こした風だけで弾き返した。人間業ではない。

驚愕している間に一気に距離を詰め、サラマンダーの頭を叩き割る。

一瞬、激しい炎がサラマンダーの身体を包む。体内から溢れたガスに引火したのだ。リカルド元将軍は火のついた上着を脱ぎ、地面に捨てる。上着は瞬く間に燃え尽き、灰となり。

その手前には、頭が潰れて炭化したサラマンダーの死体が転がっていた。

「お義父様！　お怪我はありませんか」

「あー、少し燃えたが大丈夫だ。俺はいいから他のやつらを診てやってくれ」

「はい！」

爆発の熱風や、火事での火傷。

崩れた建物に取り残された人々。爆発や崩落での飛散物による怪我。傷ついた人々が多すぎた。

中央通りは混乱に陥っていたが、リカルド元将軍の指示によって秩序が形を成し始める。

「下のやつらを助ける！　お前ら手を貸せ！　お前らは火を消していけ！」

崩れた建物に埋もれた人を救出するため人を集め、非力な人々には残り火の始末を指示する。人々が戸惑っていたのは一瞬だけで、すぐに使命を帯びた顔で動き始めた。

ノアはバッグの中に詰め込んでいた医薬品を確認し、怪我人の応急処置に向かう。

水。水。とにかく水だ。

周りの人々にも協力してもらい、とにかく水を運んできてもらって患部にゆっくりかけてもらい、冷やす。とにかく冷やす。歩ける人は水場の近くへ移動してもらう。

アリオスに上下水道がしっかりと整備されているのは幸運だった。

冷やし終えたら消毒と傷の手当。手持ちの医療品ではとても足りない。店から持ってこないと——

「ノア様、手伝います！」

「ライナスさん！」

大量の医療品を手にライナスが店から駆けつけてきてくれる。

気づけば他の医者や看護師も来ていて、怪我人の手当てや治療院への搬送を行っていた。

兵たちは搬送の手伝いや消火活動、救助のために奔走している。

涙が出そうになった。

アリオスには病院や診療所も多い。かつて軍事拠点だった歴史からか。

兵士の練度も高い。しっかりとした理想と理念を元に造られ、発展していっている街だからか。

ここで生きる人々は、強くたくましい。

顔を袖で拭う。

いまのところ重傷者はいない。火も燃え広がっていない。このまま収束していくはずだ。

「ノア様、こちらに動けなくなった怪我人が――」

「いま行く！」

ライナスに呼ばれ、横の路地へ入る。やけどを冷やす水を求めて、歩けなくなった怪我人だろうか。

路地の反対側まで行ったところで、倒れている人を発見する。

「だいじょうぶですか？」

声をかけ、膝をつき、顔を覗き込む。

だらりと垂れ下がった両手、こちらを見ない虚ろな眼差し、半開きの口、零れる呻き声。

あきらかに様子がおかしい。

鼻を近づけてみると、何かの薬品臭がした。

(お酒……?　いや、薬?)

訝しんだ刹那、背後から口元を布で覆われる。強く甘い薬品臭が鼻腔から脳に突き抜けた。

そこで、意識を失った。

6　帝国の医師

石畳の上を走る馬車が、僅かな凹凸を拾ってガタガタと小さく揺れ続ける。

その振動をノアは横になった姿勢のまま感じていた。

(馬車……?)

はっきりとしない意識の中で、それでも何とか考える。瞼に当たる光は弱い。馬車の窓がしっかりと閉じられているからだ。

身体が痛い。無理な体勢だからだ。座った状態で横向きに寝ていて、両手は後ろに。手首が何か固いもので拘束されている。手錠だ。帝国警察のレジーナからプレゼントされた錬金術封じの手錠。

本来なら冷たいはずのそれは、体温を吸収して温まっていた。

「ちょうど良いものを持っていらしたのでお借りしました」

閉じられた空間に、優しげな声が響く。

「ノア様は錬金術師なのですね。僕にも多少は錬金術の心得があるんですよ。あまり才能はなかったので見放されてしまったんですが」

瞼を開く。向かいの席にライナスが座っていた。ノアの顔を覗き込むようにして。白衣の白さが薄暗さの中でもはっきりとわかる。

頭と視界がぼんやりとするのは何か薬を嗅がされた影響か。

何か言いたいのに、深い夢から覚めたばかりの時のように、思考が、口が、働かない。

「あなたを高く買ってくださる御方がいます。病気のほうも心配なさらないでください。ちゃんと治して差し上げますから。――ベルナデッタ様の後で」

馬車が走る。

身体を起こしたいが、後ろ手で縛られていると動きにくい。

寝たままの姿勢でなんとか口を開く。

「さっきの人たちはどうなったの？」

「この状況でゴミの心配ですか。お優しいことですね」

「そんな、言い方――」

「獣というだけで罪深いのに。ああいうものは人間のクズ、街の汚物だ。そういったものを有効に利用しただけですよ。あとは捨て置いていればいい。掃除屋が回収してくれる」

眼鏡の奥に潜む瞳の冷たさに、ぞっとした。

「あなた、本当にライナスさん？」

普段の彼からそんな言葉が出てくるとは思えない。彼は患者に寄り添う、やさしく親切な医者だった。別人が化けていると言われたほうがまだ納得がいく。

ライナスはにこやかに笑う。

「そうですよ。医者で、帝都育ちの、一応貴族の三男坊です」

自虐気味に肩を竦める。

「三男ともなると自分で身を立てないといけませんからね。医者が自分に合っていたので学んで、高名な先生に弟子入りして、見習いとして働いていた。ベルナデッタ様にお会いしたのはそのころです」

気分が高揚しているのか、ライナスはよく喋《しゃべ》った。誰かに聞いてほしくてたまらないように、聞いてはいないことも。

「一瞬で恋に落ちた」

「…………」

「たぶんベルナデッタ様も」

（その自信はいったいなに）

どうして一目ぼれした相手が自分のことも好きになってくれたと信じられるのか。

ノアは恋を知らないが、そんな都合のいいものではないと思う。そんなに簡単なものならば、婚約破棄も惚れ薬もきっと存在しない。

「侯爵家の令嬢としがない下級貴族の三男坊。身分違いも甚だしい。近づくことすらできない。ですがその苦悩をわかってくださる御方がいらっしゃった」

「……誰？」

「僕ごときがお名前を口にすることも許されないような御方です」

「その御方の手引きで……好きな人を病気にしたの？」

死に至る病に。

「仕方なかったんです」

「なにを——」

傷ついた被害者のような顔をして。

「侯爵様が早く埋葬してくれるか、広く医者を探してくれたら、もっと早く再会できただろうに……侯爵様はすっかり人間不信になられて……運命は残酷だ。こんなに時間がかかってしまった」

運命を呪い、歯噛みする。

（なんなの、この人！）

ライナスの話を聞いている限り、ベルナデッタに一方的な恋をして、普通では結ばれない身分差だから、病気にして殺して、攫《さら》って、治して蘇らせて——自分のものにするつもりだったということだろうか。

（馬鹿げている）

人を人とも思っていない暴力的な行為も。

短絡的な思考も。杜撰《ずさん》な計画も。

何もかも馬鹿げている。

毒をつくった一族だというトルネリアさえベルナデッタを治すことはできないと言った。ノアも同じ考えだ。死んだ人間は生き返らない。それなのに。

（この自信の根拠はなに？）

心臓が握りつぶされているように痛い。

こんな人間を信頼していたことが悔しいし、情けない。

ノア自身のことは自業自得だ。信頼して痛い目を見ているのも、油断して病気にさせられたのも。

けれどベルナデッタに対する行為だけは許せない。

自分勝手な理由で病気にさせて健康を、命を奪い。多くの人を悲しませた。

——許せない。

馬車が走る。

どこに向かっているのだろう。ライナスの目的を考えれば侯爵邸か。馬車の業者は無関係なのだろうか。

このまま利用されるのも、人質のように使われるのも、売り飛ばされるのも我慢ならない。

（手錠をなんとかしないと）

鍵自体は単純なものだ。レジーナから貰った後で構造を調べに調べた。針金一本あれば鍵は開けられる。金切り用のハサミさえあれば鎖は切断できる。

問題はいまはどちらもないことだった。

手錠をつけられた状態のまま、格闘して勝てるだろうか。ライナスは細身だが体格差がある。うまく不意を突かなければ勝てない。戦うより、機を見て逃げ出すほうが現実的か。

（落ち着け）

逸る気持ちを抑える。いまするべきことは短絡的に行動することではない。できるだけ情報を引き出しながら、油断させること。

ノアを病気にしたのは、ベルナデッタが罹った病気と同じそれを見事に治して、ヴィクトルの信用を得て、ベルナデッタに引き合わされることを狙ったからだろう。

それは計画としては理解できる。だがどうしても理解できないことがあった。

「……サラマンダーもあなたの仕業？」

「ええ。ホムンクルスですが、よくできているでしょう？」

「………………」

どれだけ多くの人を傷つけたと思っているのだろう。その現場にいながら、その治療をしながら、悪びれなく言う。

「なんのためにあんなものを街中に放ったの」

「ささやかな保険ですよ。それにしてもサラマンダーもご存じとは、博識ですね。いつの時代の人間ですか？」

「三百年前」

「ははっ、笑えない冗談だ」

ライナスは楽しそうに笑い、目を細めた。

「僕の錬金術の師もおっしゃっていましたよ。三百年前、王国では錬金術が隆盛を極め、そして滅びたと、まるで見てきたように言って。滅びたくなければ身の程を知り、研鑽を積めと」

「面白い方ね。ぜひお会いしてみたいわ。お名前はなんていうのかしら？」

「マグナファリス様です」

――神代の錬金術師。王国建国以前からいたという、国家錬金術師。

（本物か、騙《かた》りか）

わからない。

だが、その名を名乗る錬金術師がいることだけは確かだ。

馬車が止まった。

7 断罪

馬車が止まり、ライナスが扉を開く。

眩い光が差し込み、澱《よど》んだ影を晴らす。そこは侯爵邸の玄関前だった。

「失礼します」

降りたライナスに引きずられるように外へ連れ出される。

まだ薬が残っているのか、立つと眩暈《めまい》がした。

馬車が去っていく。

御者をちらりと見たが、こちらを怪しんでいるような様子はなかった。おそらく具合の悪くなったノアを侯爵邸まで送るとか、そんな風に言いくるめたのだろう。

扉が開く。中から出てきたのは使用人のクオンだった。

「またいらしたんですか」

「侯爵様に取り次げ」

軽いため息をつくクオンの前にノアを盾のように突き出し、高圧的に命じる。

クオンはノアを見て、再びため息をつく。面倒を起こしてくれたなと言いたげな視線が痛い。

「少々お待ちください」

クオンが呼びに行くまでもなく、ヴィクトルがニールを連れて奥から出てくる。

外出着に剣を携えた姿で。

視察に向かうところだったのだろうか。ライナスとノアの姿を見ても驚く様子はなかった。

いつもと同じ、落ち着いた為政者の姿。

「お久しぶりです侯爵様。僕のことを覚えていらっしゃいますか？　あ、すみません。一介の医師見習いのことなんて覚えていらっしゃらなくて当然ですよね」

恥ずかしそうに頭を抱える。

「ライナス医師。こちらから迎えに上がろうとしていたところだ」

「ああ！　覚えていてくださったんですか！　そしてわかっていてくださったなんて！」

ヴィクトルの表情は読めない。

ただ、静かで。夜の森のように静かで、怖い。

頭の奥がくらくらする。薬も、この手錠も、もどかしい。

迷惑をかけてばかりで情けない。せめて手錠さえなければ取り押さえるのに。

錬金術封じの手錠の効果は本物だ。先程から何をどうやっても発動しない。

「お願いします。もう一度ベルナデッタ様を診させてください。必ず治してみせます」

自信たっぷりに胸を張る。

本当に治す手段を持っているのかもしれないとノアでさえ思うほどに。

「……本当にそれが可能ならば、まずは我が婚約者から治していただけないか」

「物事には優先順位というものがあります」

ライナスにとってノアは人質としての価値しかない。

ヴィクトルは無言のままニールに目配せをする。途端にライナスが焦りだした。ノアの腕を掴む手が震えている。

「い、いま断わられると、ノア様もこの街もどうなってしまうか、僕にもわかりません。サラマンダーが一匹や二匹だとお思いですか？　アリオスを火の海にするのには何匹必要か、侯爵様は計算されたことがおありですか？」

「なるほど。中央通りの騒ぎも医師の仕業か」

薄い笑みを浮かべ、ゆっくりと頷く。

「侯爵！　そやつを捕らえろ！」

烈火のごとき怒りの声を共に、トルネリアが二階の客室の窓から飛び降りてくる。

「よくも母を殺したな！　母が受けた苦痛以上のものを味わわせてやる！」

軽やかに立ち上がり、ライナスに摑みかかろうとしたトルネリアを、クオンが後ろから押さえた。

「我が君がお話し中です。少々我慢を」

「放せ！　あんな外道《げどう》と何を話すことがある！」

本物の怒りと悲しみによる、心が千切れそうなほどの悲痛な叫びが響く。

ライナスの小さな舌打ちが聞こえた。

ノアの知っているライナスという人間は、最初からどこにもいなかったのかもしれない。

（壊れている……）

この男は壊れている。

「案内しよう」

ヴィクトルはいつもと変わらない落ち着いた様子で、背中をこちらに向けて歩き出す。

「獣人は控えろ。その白髪の女もだ」

ライナスはノアを押し出し、ヴィクトルの後ろについていく。

##

三人きりで侯爵邸の敷地内を進む。渡り廊下を通って中庭を抜け、ベルナデッタが眠る離れへ。

ライナスに押されるように歩きながら、ノアは前を歩く揺るぎない背中を見つめた。

ヴィクトルが言うことを聞いているのは、もしかしたら本当に治せるかもしれないという、ささやかな希望と。街を人質に取られているからだ。

治療がどのような結果になっても、ヴィクトルはライナスを許さないだろう。絶対に。領主として、家族として、然るべき罰を与えるだろう。

ライナスはそんなことに気づいていないのか、それとも切り抜ける自信があるのか、感動の再会を前に興奮していた。足取りは軽く、何やらぶつぶつと呟き続けている。こんな近くにいても聞きとれない言葉を。


「ああ、やっと、やっと会えた……ベルナデッタ……！」

ベルナデッタの部屋に入ったライナスは、感激の声を上げてベッドに駆け寄る。感極まった涙が頬を濡らしていた。ライナスは何年もこの瞬間を待ちわびていたのだ。

腕を引っ張る力が強まる。ライナスに引きずられるようにベッドに近づくと、ぱっと手が離れた。もう用済みとばかりに。

ヴィクトルは入口近くでライナスの行動を眺めていた。

「いまから僕が治して差し上げますから！」

ライナスが興奮気味に革鞄から取り出したのは、赤い液体が入った薬瓶だった。ルビーを溶かしたような紅が、光を受けてきらきらと光る。

蓋を開け、ベルナデッタの口元へ。

ふっくらとした唇を赤く染めて、口には入らず肌と髪を濡らし、シーツに吸い込まれていく。

飲めるわけがない。その口が開くことはないのだから。

ライナスは焦ったように瓶の中身をベルナデッタにかけた。美しい顔に、胸に、手に。瞬く間に瓶は空となる。

しかし、ただベルナデッタとシーツを汚しただけで、何の変化も現れない。その兆しすらない。

目が開くことも、指先が動くことも、呼吸を再開することも、ない。

「何故……何故だ！　くそ、あの女……！　ああ、そうか……古くなってしまったからか……侯爵、あの白髪の女をここへ。一滴残らず血を絞ってやる」

「もう終わりか」

氷の声と共に。

剣の閃きが、ライナスの右腕を斬り飛ばした。

「……え？」

赤い軌跡を描いて壁に当たり、床に落ちるそれを、ライナスは呆けた表情で見つめていた。

「え？」

左手で右腕の切断面を押さえる。何が起こっているかわからないという声を零しながら。

「──最初は手だった。物を持つことができなくなった。本のページをめくることすらも」

真新しい血の匂いが充満していく。

血に濡れた剣を携え、ヴィクトルは静かに言う。

「次は足だった。歩くことも、立つことも、やがて座ることもできなくなった」

「ひっ」

滑って床に腰をぶつけ、腕を押さえながら後ずさる。流れていた血はいつの間にか止まっていた。錬金術で治療したのだろう。

「心得があるのか。それはいい」

ヴィクトルが薄く笑う。剣の切っ先が、ライナスの心臓を指し示した。

「口はまだ使い道があるか」

それ以外の必要ない部分を削ぎ落とすつもりだ。ベルナデッタが徐々に失っていったものと同じ順番に。

ぞっとするぐらい冷たい目だった。

「やめて！」

ヴィクトルの剣の前に身体を晒す。ライナスを庇うようにして。

「そこを退いてくれ」

首を横に振る。

退けない。

視界が滲む。歪む。泣いている場合ではないのに。

怖い。剣が怖い。ヴィクトルが怖い。逃げだしたい。それでも。

「こんなことをしても、あなたが救われない」

ヴィクトルが傷つくだけだ。気持ちが晴れることはない。

激情のままに、復讐心のままに惨たらしく傷つけても救われない。

ノアの言っているのは甘い綺麗事だ。

ライナスは罪を犯した。

大罪をいくつも犯した。

ヴィクトルは領主で、罪人を裁く仕事がある。

それでも。死刑が相当な罪でもきちんと裁かれるべきだ。

静寂が続く。

一秒が永遠にも感じる。

ヴィクトルの心の中はわからない。

怒りも迷いも葛藤も悲しみも。

剣は揺るがない。

すべてを切り捨てて進むというのなら、その剣に斬られたい。

——けれど。

剣先が揺らぐ。

わずかな呼吸の乱れと共に、剣が鞘に納められる。すべての感情を苦さと共に飲み込んで。

——そうだ。

すべてを切り捨てられない人だから、持てるすべてで支えたいと思ったのだ。

8　炎の悪魔

「こんなバカな……」

昏い声が呪文のように続く。

「そうだ、作り直せばいいんだ……身体も、魂も、作り直せばいい……そうして僕とベルナデッタは永遠に幸せになるんだ……」

ライナスはなくなってしまった夢を追いながら、なくなってしまった右腕を押さえ、妄想の世界の住人になっている。自らが作り上げた幸せな夢を見ている。

昏い瞳は現実を映すことはない。

鼻は血の匂いを感じない。

耳は何も聞こえない。

壊れている。

虚構の世界でライナスは背中からナイフを取り出す。

銀色に輝く何の変哲もないナイフ。普通すぎるのに異様な輝きを放つ、見覚えのあるナイフだった。

錬金術師ファントムが、バルクレイ先代伯爵夫人を怪物に変えたときに用いたナイフとよく似ていた。

――賢者の石の失敗作と呼ばれたものと。

「だめ！」

声は永遠に届くことなく、ヴィクトルの剣も届かない。

黒い刃は肉を切る音と共にライナスの腹に深々と刺さり、手首を切断された右腕がだらりと垂れ下がる。

火が生まれた。

ライナスの目に赤い火が燃え上がる。

意味のない呻き声が零れる度に、身体の節々から火が溢れ、身体を焼いていく。

肌を爛《ただ》れさせ、叫び声さえ燃やしていく。

ヴィクトルがライナスの首を斬る。だが、斬れない。ただ叩きつけるだけとなる。それでも激しい衝突だったが。

高温で剣の刃が溶けていた。火に触れた部分が飴細工のようにぐにゃりと曲がっていた。

首が折れたライナスは燃える涙を流して、床の上で苦しみもがく。大きく開いた口は息を、空気を求めていた。

手が生える。

切断された手の代わりに、炎を纏った真っ赤な手が生える。

頭が盛り上がり、もうひとつ同じ顔が生まれる。

目を疑う変容が目の前で起こる。

背後の扉が吹き飛ばされた。外からの力で。

「なんなのじゃ、これは！」

「旦那様！」

飛び込んできたトルネリアとニールだった。トルネリアは部屋の状況と高温、ライナスの様子に困惑して足を止め、ニールはヴィクトルの前に出て主人を庇おうとする。

熱風が吹く。

ライナスは最早、人ではない。あらゆる理《ことわり》を超えたもの。

その姿に名前をつけるなら。古《いにしえ》の炎の悪魔、イフリート。

##

両手を拘束していた手錠が外される。

「我が君の手を煩わせないでください」

いつの間にか背後に来ていたクオンが針金と外れた手錠を手に苦言してくる。

「ありがとう、ごめんなさい」

正式な礼と謝罪は後回しにすることにして。

久しぶりの自由を味わいながら、燃え盛る魔人を見つめる。

とにかく、これで錬金術が使える。

「あのナイフをなんとかしないと」

燃え盛る炎の中に手を突っ込む無謀な行為だが、迷っている暇はない。

吸い込む熱気が気道を熱する。炎の温度はどんどん上がっていっているようだ。

あの銀のナイフが力を与え、人体を変質させている。力の供給源を絶たなければ炎は止まらないだろう。

（賢者の石の失敗作……）

届くだろうか。導力は。

一瞬ごとに温度が上昇し、炎は強くなっていく。身体が自然と後ずさり、距離を取っていっているというのに温度は増している。

床が、壁が、天井が燃え始めるまで時間は残されていない。

「この化物め！」

トルネリアがイフリートの胸部を爆発させる。イフリートの身体が爆風により吹き飛ばされ、部屋の壁にぶつかった。

だが、すぐに体勢を立て直す。爆発の影響は弱い。効いていない。

イフリートは目を鋭く燃やし、炎風を巻き起こしトルネリアを包み込んだ。

「――――ッ！」

トルネリアの身体を薄い壁で包み、一瞬だけ酸素を絶つ。火が消えたのを確認し、ひとつだけ安心しながら壁を壊す。

イフリートの火は普通の火だ。よくわからない魔法の火ではない。酸素の供給を絶てば消える。

「う……痛い、いたい……」

床にうずくまり、悲痛な声を漏らす。火は消えたが、服の一部が燃え、皮膚にやけどを負っている。自力で治療しようとしているようだが、自分の怪我は痛みにより集中が妨げられるので、深い怪我はうまくいかないことが多い。

ノアは導力をトルネリアに通す。患部を冷却し、皮膚の出血を止める。痛みは残っているだろうが少しは緩和されたはずだ。

錬金術を使いながら不思議に思った。激痛が走っているはずなのだが、興奮状態のせいか痛みは感じない。ただ、病の症状は確実に悪化していっているのを感じる。

「お主、もしや聖女か？」

「いちおう錬金術師です」

「なっ！　早う言わんか！」

トルネリアは爪を腕の肌に立て、思いっきり引っ掻いて傷つける。先程治したばかりの場所に赤い血が滲んだ。

「進行が早いはずだ。よく耐えたな。ほら、飲め」

血の零れる傷口を目の前に突き出される。

炎の匂いの中に、やけに甘い香りが漂った。

「いいから飲め！　我が一族の毒は、一族の血が薬だ！」

叱咤の声に背中を押され、芳香に誘われるように、傷口に吸いつく。

それは甘美な感覚だった。

むせかえるほどに甘い香りと、痺れるぐらいに苦い味。

酩酊したように頭の奥の理性が溶かされる。

これはただの血ではない。錬金術によって作られた毒と薬だ。

芳醇なワインのような人を狂わせる香りだ。

身体に力が満ちていく。

巣食っていた病が溶かされ、消えていく。導力回路に熱が満ちていくのが感じられる。

「ここは危険です！　外へ出ましょう！」

ニールの声が遠くで聞こえる。

(了解)

石柱を床から生やし、火が回り始めた天井を支える。部屋が崩壊しないように。

石壁を作り、イフリートの周囲を囲う。すぐに溶けてしまうだろうが、少しは時間を稼げるだろう。

壁に穴を開け、外への道を繋ぐ。

ベルナデッタのベッドを硬質の厚い膜で覆う。少しでも炎に傷つけられないように。どれだけ持つかは不明だが天井が崩れるぐらいでは中は大丈夫だろう。

――ああ。わかる。視える。

いままでより深く、いままでより明るく。

理解できる。読める。この世のすべてが。森羅万象が。

「お主、何者だ……？」

トルネリアが畏怖の眼差しで見上げてくる。そんなに変わったことをしているのだろうか。

「いちおう、錬金術師です」

9　天空の大花

燃え崩れ始めた室内から全員で外に出る。中庭の冷たく新鮮な空気が肺を満たし、肌を冷ます。

壁に開けた穴はそのままにしておく。イフリートが下手に壁を破って出てくると屋敷の崩壊が加速する。

ノアの思惑どおり、壁に開いている穴から燃える魔人——イフリートが現れる。

ノアの想定よりも早く。

距離を取りながら、イフリートの構造を視る。

前回のメドゥーサのように硬くはない。だが急流のように非常に流動的で、常に変化しているため分解できない。

パチパチと炎が爆ぜ、離れが燃え始めた。穴から新鮮な空気が取り込まれて、炎にも勢いを与えてしまう。

イフリートはしばらくの間、外と内側の境で立っていた。中で眠るベルナデッタを気にするように。

そして、歩き出す。宙に浮いたような軽い足取りで、外に。

ノアは目を疑った。本当に空中に浮いていた。ふわふわと、幽霊のように浮いて進む。

ヴィクトルの剣がイフリートの腹部に突き刺さる。

――剣とはそのような使い方をするものだっただろうか。

些細な疑問を嘲るように、剣はイフリートの身体をすり抜けて、壁に突き刺さる。

もう彼には肉体はないのだ。

肉体を失った彼はもう、人間ではない。神に近しい存在は矮小《わいしょう》な人間など見ていない。地上を這う人間たちを無視して、空へ上る。

侯爵邸の屋根よりも高い位置で、浮遊が止まる。

まるで小さな太陽だ。

炎の化身が見ているのは街だった。城郭都市アリオスを見下ろしていた。

その高みからはさぞかし街がよく見えているだろう。街並みも、そこに生きる人々も、人の営みも。

アリオスの東のほうで、爆音が響いた。

東だけではない。南からも、西からも、北からも、次々と遠くに近くに爆発する音が響き、重なる。

ライナスの言葉を思い出す。

――この街を火の海にするのにはサラマンダーは何匹必要か、と。

(仕込んでいたサラマンダー？)

それに命令を下したのか？　それとも時間が経てば動き始めるように細工をしていたのか。

どちらにせよ。

街も心配だがいまはこのイフリートをなんとかしないとならない。こんなものを外に出すわけにはいかない。被害が拡大するだけだ。

（考えろ。考えろ。考えろ）

イフリートはどうすれば止められるか。青い空に悠々と浮かぶ炎の魔人を、どうすれば。

水をかけてもすぐに蒸発するだろう。

地中に埋めても周りの土を溶かすかもしれない。そうなれば侯爵邸ごと沈むかもしれない。被害は甚大だ。

質量がどんどん減っていっていることを利用して、空に打ち上げてみようか。しかし打ち上げる施設をつくるのには準備が必要だ。組み上げるのは錬金術でできるとしても、設計が必要になる。ゆっくり考える時間はない。

亜空間ポーチの中に封じる？　吸い込ませれば不可能ではない気がする。ノアやポーチが熱に耐えきれればの話だが。頭の奥の冷静な部分がそれは無理だと言っている。

――そもそも。

あの高さにいる相手に、ノアの導力は届かない。

「…………」

地上に引きずり下ろすのは無理。下から何かを打ち上げるくらいしかできない。

しかし何かを打ち上げたところで、あの身体はもうガスのようなものだ。矢も槍も効かない。

（割と詰んでる）

こんな時こそ落ち着いて考える。絶望的な状態の時ほど、気楽に考える。

(時間が経てば、おそらく自然崩壊する)

時間の経過とともに炎が強まり、身体が小さくなり、最終的には消滅するだろう。

しかし悠長に待っていれば被害は拡大するばかりだ。イフリートが消えるのが先か、アリオスが焼失するのが先かの話になってくる。

「やっぱり火には火を。爆発には爆発を！」

決意が勢いあまって言葉になる。

「トルネリア！」

「うえええ」

「あれを爆破して」

サラマンダーの火球に爆発をぶつけて相殺したトルネリアならできる。

トルネリアは顔を引きつらせ、ぶんぶんと首を振った。

「無理じゃ。我ではあれは吹き飛ばせん」

「だいじょうぶ、合わせる」

トルネリアの手をぎゅっと握る。

不安に揺れる紅い瞳をまっすぐに見つめる。

「私だと、あそこまで届かない。でもあなたが届かせて基礎をつくってくれれば、強度や威力は強化する」

「そんなことが――」

「私を信じて」

きっとうまくいく。やったことはないけれど。

「失敗したらどうする」

「だいじょうぶ、死ぬとしたらみんな一緒よ」

「お主は軽い！　ふわふわしすぎだ！　ああもう、どうにでもなれ！」

トルネリアの了解を得られた。ノアは嬉々としてトルネリアの手を握る。

「お主は、不思議なやつだ」

呆れた呟きに、微笑んで返した。

導力の糸が、イフリートの足に巻きつく。気づかれないように少し浮いた状態で。

爆発音が街中から届いてくる。胸を痛ませるそれを聞かないようにしながら、集中する。

トルネリアは力を凝縮させたものをイフリートの近くに作り始めた。それが起点となる。

さすがに手慣れたものだった。形成が早い上に綺麗だ。理に叶った形が見える。

生まれた力の塊を、強化していく。殻を強化しながら、内側の力を増していく。もっと大きな爆発が起こるように。もっと、もっとだ。

もっと高く打ちあがるように。

そう。雲の上、空の上まで飛んでいくように、爆発の位置を真下に動かす。

殻の下を強くし、上を弱くする。爆発の影響が街に広がらないように。

高く高く。もっと高く飛べるように。

「こ、こら、あまり勝手をするでない」

（ごめんなさい。でも必要なことだから）

困惑するトルネリアに心の中で謝る。

（でも、ほら。もうすぐ綺麗にできるから）

星をつくっているかのような不思議な感覚だった。

「もう限界だ！　行くぞ！」

「うん！」

限界まで力を圧縮された星が、いま枷を外される。

眩い光が空を焼き、あらゆる闇を消し飛ばす。

「行っけえええぇ！」

空気が破裂する音が降り注ぎ、イフリートの絶叫も、街から響く爆音も掻き消す。

炎の身体が打ち上がり、どこまでも高く高く昇っていく。

ひときわ眩しい閃光が空を切り裂き。

天空に炎の花が咲く。

雲が遥か彼方に吹き飛ばされ、空にどこまでも青い空間が広がっていた。

世界を、森を、街を、髪を揺らす爆風が収まったころには、青い空はいつもと同じようにただそこにあった。

10　救国の聖女、あるいは

イフリートの姿が消える。

空に大輪の花を咲かせて、跡形もなく消えてしまった。

しかし訪れた静寂はほんの束の間のことだった。

イフリートがいなくなっても、サラマンダーは消えない。火事は収束しない。

燃え上がる侯爵邸の離れと、街中で次々とサラマンダーによる爆発の音が、何も終わっていないことを告げてくる。

「まったく、とんだ置き土産を」

ヴィクトルがニールを供にして防衛隊の本部に向かう。指揮を執りに行くために。

離れの消火やベルナデッタを優先したいだろうに、私情を振り切って進んでいく。

追いかけるべきだ。

いまのノアにはできることがたくさんある。

指示のもとに効率的に動いて、錬金術を用いた消火と人命救助に当たるべきだ。

だが。

燃え盛るアリオスに、火の海の中に身を投じて、駆けまわって。

一か所一か所、順番に消していったところで、果たして間に合うのだろうか。

アリオスの焼失は免れるかもしれない。しかし被害は甚大になるだろう。

燃えた建物や物資はまた復元できる。買い戻せる。

しかし人の痛みや、悲しみ、喪失は、決して取り戻せるようなものではない。

——もっと。

(もっと力が欲しい)

救いたいものをすべて救える力を。この街すべてを助けられるほどの力を。

傲慢な願いだが、この街が、この街に住む人々が、炎の海に消えてしまうことは受け入れられない。

傷つき、失い、涙することを受け入れられない。

(もっと力があれば)

運命を変える力が欲しい。

腰につけた、亜空間ポーチの中を探す。

(何か、何かないの?)

運命も、宿命も、この世の理も、すべて変える力が。

——あった。

不死の王となったアレクシスが消えるときに残した、赤い石。

賢者の石の欠片。

ずっと忌避感を抱いていた力。それでも捨てることができなかった力。

この領域に足を踏み入れることは果たして正しいのか。それを判断できる人間はいない。

いまのノアに理性はない。いまここにいるのは、ただ力を求める獣だ。


賢者の石を亜空間から取り出す。

小さな石を握りしめ、瞼を下ろす。いまは視界は必要ない。

万能な感覚とでもいえばいいのだろうか。

見えなくても視える。理解できる。手が届く。アリオスの街のすべてが。大地が。空が。

(夢の中のよう)

そう、夢を見ているようだった。

(燃えている)

街が燃えている。

あちこちで火が吹き、建物が崩れ、石畳を焼いて、人を傷つけている。火の海が美しくたくましい
街を燃やしていく。

(水……水、雨が欲しい)

熱が上空に登っていく。森の水蒸気を、川の、海の水蒸気を集めて、冷やす。湿った風が荒々しく、
轟《とどろ》く雷鳴が大地を揺らす。

ぽつりと、雨が落ちた。肌を濡らした。

雨足は瞬く間に強まって、灰色の雨雲が街を覆う。大量の雨は瞬く間に街に浸透し、地面に溜まる。

火勢を弱めて、小さな火から消していく。

大きな火も勢いを殺され、徐々に消えていく。火の匂いもすべて洗い流される。

（サラマンダーを）

火を吐く蜥蜴を分解する。

（だいじょうぶ。これは柔らかい）

ライナスはホムンクルスでサラマンダーをつくったと言っていた。この人工の生命体はとても柔らかい。消せる。

すべてのサラマンダーを分解する。

もう、アリオスに脅威はない。

（待たせてごめんなさい）

怪我人を治す。

傷ついたすべての人々を。導力を繋ぎ、中に入り。やけどを冷やし、出血を止め、治す。

人を苦しめる瓦礫を消して、折れた骨を戻す。病を癒やす。

流れ込んでくる。何百、何千という情報が。

熱い水が頬を伝う。

（ああ、やっぱり……）

建物の崩落で死んだ人々、炎に巻かれ死んだ人々。

賢者の石を使っても、死んだ人間は治せない。


雨が上がる。

手の中にあった石が砕けて砂となる。

ノアが瞼を開けたとき、空には大きな虹が輝いていた。

##

気が付いたときには、自室のベッドの上で寝ていた。

部屋は薄暗く、机の上のランプが灯っていた。いつの間にか部屋着に着替えている。記憶がおぼろげだが、おそらく錬金術を使った後に倒れたのだろう。そこからいままでの記憶がまったくない。

頭ががんがんと痛む。

(力の使い過ぎ……)

この街のすべてを見たからだろう。この街と、この街の人たちを。

受け止めた情報量が多すぎて、処理しきれずに脳が暴走を起こして、強制終了したと思われる。

ベッドに寝たまま、窓から街を見る。

外はもうすっかり夜になっていた。夕暮れの名残さえ既にない。澄み渡った紺碧の夜空に星の輝きが見える。

街の方に火災が残っている様子はない。灯っているのは、穏やかな営みの火だ。

街と空の境にある壁の影を見つめる。アリオスを守る外壁を。あの壁だけは、この災禍を経ても一切の傷がない。

(アリオスの壁……)

この街に意識を深く潜らせてみて、わかったことがある。

アリオスは、基礎が錬金術でつくられている。

街を守る城壁も。

こんこんと湧き出し続ける温泉も。錬金術によって遥か昔につくられたものだ。

アリオスは錬金術の王国の王都を攻めるために作られた城郭都市だ。帝国側にも錬金術師がいて、王国との戦争に貢献したと考えるのが自然だろう。

(この世界は本当に、複雑)

再び瞼を下ろそうとした時、扉がノックされる音が響いた。

「どうぞ」

ノックの仕方で誰かはもうわかる。部屋に入ってきたのはやはりヴィクトルだった。

「おかえりなさい」

いままで事後処理に当たっていたのだろう。外套を脱ぎ、剣を放してはいたが、ヴィクトルからは外の匂いがした。

「お疲れ様」

さすがに寝たままというのは行儀が悪い。せめて身体を起こし、毛織のストールを肩に羽織る。

「外の様子はどう?」

「火事の騒ぎはもう落ち着いた。もう片づけと再建準備に入っている」

「そう」

「アリオスを救ってくれたこと、礼を言う」

——バレている。

「皆、奇跡だと言っている。女神が起こした奇跡だと」

ヴィクトルはかすかな笑みを浮かべながら、ベッドの前までくる。

「ノア。あなたこそが女神だと言う声も広がっている」

「あああ……揉み消してぇ……」

「無茶を言う」

ヴィクトルは苦笑する。

「一度広まった噂は収拾がつかない。それが真実ならば尚更」

「……真実だと思う?」

「それ以外に考えられない。あなたの治療を受けたことがあるものは、全員そう思うだろう」

「そうなの……でも、同じことはもうできないわ」

賢者の石は輝きを失って、砂となってしまったから。もう奇跡は起こせない。

「そうか」

ヴィクトルは頷く。落胆などはなく、ただ事実を確認するように。

「アリオスを災禍から救ってくれた事実に変わりはない。礼を言わせてくれ。この街の領主として」

「…………」

間違いはない。

ただ、災禍をもたらしたのがノア自身だということも間違いない。

――あの時、ああしていれば。

胸の中に浮かぶのは、そんなどうしようもない後悔ばかりだ。

黙ったまま、ベッドの端をとんとんと叩く。

「座って」

めずらしく察しの悪いヴィクトルにそこに座るように促す。

座った後に見えるのは背中だけ。表情は見えない。

シャツを変えていないのだろう。激しい雨に打たれた名残で濡れている。帰ってきて、外套だけ脱いで、ここに来たのだろう。

「ベルナデッタ様は……？」

意を決して、問いかける。

「消えていた」

溶けて消えたのか。

燃え尽きて消えたのか。

ヴィクトルがやさしい嘘をついてくれているのか。

短い一言ではわからない。だがそれ以上聞く勇気もない。

「これでよかったのかもしれない」

永遠とも思える沈黙の中、ヴィクトルは背中を向けたままそう言った。

「魂があの身体を見つけていたら、きっと困っただろうからな」

「…………」

「葬儀は三日後、この火災の犠牲者と合同で行う予定だ。できればあなたにも参列してほしい。無理にとは言わないが」

ヴィクトルの背中を抱きしめる。

背中に頬を寄せ、両腕を前に回し、震える手で抱きしめる。

溢れた涙がシャツを濡らす。もう濡れているのだからきっとわからないだろう。

「ノア……」

「我慢しないで」

ここには他に誰もいないから。

「泣いて、いいから……いまなら、誰にもわからない……」

ノアの泣き声が響いているから、ノア自身にすらきっとわからない。

侯爵でも、領主でもなく。ひとりの兄として。人間として。

「家族を失って、悲しくないはずがないもの……」

身体の前に回していた手が、重なるように握られる。
その手の感触があまりにも優しすぎて。
子どものように泣きじゃくった。

エピローグ　あなたとワルツを踊りたい

ベルナデッタの葬儀は、この火災で亡くなった犠牲者との合同で行われた。

長らく病床に伏していて、離れの火災で亡くなったことになっていた。

爆発火災事件は大量発生したサラマンダーによるものとされた。

ライナスは行方不明の扱いとなり、その名前が犠牲者として残ることも、首謀者として残ることもなく。

彼はこの世から消えた。

歴史とはこうやって作られるのだろう。


事件から葬儀までの間で最も慌ただしかったのは、リカルド元将軍の騒動だった。

護衛していたノアが攫われたことを非常に悔やんでいて、「とんだ失態だ」「俺がついていながら」と腹を切りそうになるところを皆で必死で止めた。

薬屋のカウンターに座って、窓から見える外の景色を眺めながら、その騒動を思い出す。

葬儀から五日経ったいまはもう平穏そのものだ。

「どうして我が働かなければならない！」

トルネリアの怒り声が店内に響く。幸いいまは客足が途絶えているので、店にはノアとトルネリアしかいない。

「偽造金貨を作った罪と、知っていて使おうとした罪への罰です」

金貨はすでに正規の割合に戻してもらっているし、流通もしていないので直接の被害はないのだが、金貨を偽造したことは間違いない。

ヴィクトルがトルネリアに課したのは、二年間の労働だった。

それなら、とノアが身元を引き受け、薬事業を手伝ってもらうことにした。

「最初に使おうとしたのが私のところでよかったわ。もし流通してたらもっと重い罪になっていたし」

「うう……納得いかん」

「まあ、社会勉強と思って」

トルネリアはずっと森の中で暮らしていたそうだから、街の空気を知り、常識を知っていくのは悪くない。

いちおう安いが給料も出る。

離れの跡地に拡大した薬草園の管理のためという名目で侯爵邸に住んでもらっているから住むところの心配もない。

「トルネリアがいてくれてよかった」

本心から呟く。

薬の調合や薬草園の管理はさすがに手慣れたもので、安心して任せられる。

販売のほうはまだまだ不安が残るので、新しい人を雇わないとならないが。

「ま、まあ、お主は少し頼りないからな。しばらく我が面倒を見てやる」

「ありがとう」

トルネリアは照れたように顔を伏せる。

「トルネリア。助けてくれて、ありがとう」

向き合い、改めて礼を言う。

「な……なんだ改めて」

「トルネリアがいなかったら、どうなっていたかわからないもの。本当にありがとう」

「我は、当然のことをしたまでだ……ただし治療費は払ってもらうぞ！」

「もちろん、ちゃんと払うわ」

「そして我を労働から解放しろ」

「それは無理。それとこれとは話が別」

「うう……納得いかん」

＃＃

その日、久しぶりに広間でワルツの練習を行った。ドレスを着て、ヒールの高い靴を履いて。

手を重ねて、身体を寄せて、規則的な音に身を委ねて。支えてくれるパートナーにすべてを任せて、ただただ楽しんで踊った。ステップのことも、足を踏むことも、蹴ることも忘れて。導かれるままに。

まるで雲の上にいるみたいだ。

思えばいままでは、足を踏みたくないとか蹴りたくないとか、迷惑をかけたくないという無意識の萎縮から身体が固くなっていた気がする。

いまはただ楽しい。こうして踊れることが。

嬉しい。ヴィクトルと同じ瞬間を過ごせていることが。

「踊れてた？」

「ああ、完璧だ」

完璧には程遠い気がするが、合格点なら満足だ。思わず顔がほころぶ。淑女らしくはない笑い方だが、いまはふたりきりだから問題ない。

「春が来たら帝都へ向かう。来てくれるか？」

「もちろん。婚約者だもの」

ヴィクトルの周りには悪魔がいる。

本人は決して直接手を汚さずに、動機のある人間に手段を与え、実行させて、ヴィクトルを傷つけようとしてくる。

ありとあらゆる方法で。その執拗さは蛇にも勝る。

婚約者の役を受けたからには、一番近くでその牙から守る。帝国流の淑女教育も身についてきた。

もう怖いものは何もない。

ふと、聞かなければならないことがあったことを思い出す。

「ねえ、ヴィクトル。どうしてお養父様に嘘の婚約って伝えていないの」

固まる。

気まずそうに視線を逸らし、黙る。

「怒られたくないから？」

そんな子どもっぽい理由とは思えないが、ヴィクトルは時々子どもみたいな面がある。

ノアはじっと待った。顔を見つめて、返答を待つ。大切なことだから有耶無耶《うやむや》にはさせない。

「嘘にしたくないからだ」

目を逸らしたまま、ヴィクトルは言う。

――婚約を嘘にしたくないから？

始まりは嘘だったのに。いまはそれが嫌だと言う。随分身勝手なものだ。

それがどういう意味かわからないほど鈍くはない。

だが、この関係が嘘のまま終わるか、本当になるのか。

いまのノアにはどちらもあまり想像できない。未来のことはわからない。

「それは、ヴィクトル次第かもね」

思いついたことをそのまま言葉にする。

ヴィクトルと一緒にいたいと思う。

生きたいと思う。支えたいと思う。

それが恋なのかと言われれば。

（うん。私は、きっと――）

あなたに恋をしている。

でも、それはまだ言えない。自信も勇気もない。

この想いはまだふわふわとした綿菓子みたいなものだ。芽吹いたばかりで蕾にもなっていない花のようなものだ。

好意のようなものを寄せてくれているのはわかるけれど。

いつかこの気持ちを言葉にする勇気が持てたら、その時まだ近くにいられたら、伝えようと思った。

「……ノア」

「うん？」

ぐいっと身体を引き寄せられる。顔が近い。瞳が近い。

まっすぐに向けられる熱い眼差しに、息ができなくなる。

「あなたが好きだ。愛している」

《了》

転生ナイチンゲールは夜明けを歌う
～薄幸の辺境令嬢は看護の知識で
家族と領地を救います！～
1巻発売中！
干野ワニ
illust 長浜めぐみ
©Wani Hoshino

やり直し公女の魔導革命
処刑された悪役令嬢は滅びる家門を立てなおす
二八乃端月
illustration YOHAKU
1巻発売中！
©二八乃端月

滅びの王国の錬金術令嬢
～三百年後の新しい人生は引きこもって過ごしたい！～2

発　行
2023年11月15日　初版発行

著　者
朝月アサ

発行人
山崎　篤

発行・発売
株式会社一二三書房
〒101-0003　東京都千代田区一ツ橋2-4-3 光文恒産ビル
03-3265-1881

印　刷
中央精版印刷株式会社

作品の感想、ファンレターをお待ちしております。
〒101-0003　東京都千代田区一ツ橋2-4-3 光文恒産ビル
株式会社一二三書房
朝月アサ 先生／らむ屋 先生

Printed in Japan, ISBN 978-4-8242-0056-3 C0093
※本書は小説投稿サイト「小説家になろう」（https://syosetu.com/）に
掲載された作品を加筆修正し書籍化したものです。